WO SHI JIAN ZI SHENG

我是尖子生

黄韦达 等著

作家出版社

目　录

"我来考个文科状元！"

——罗瀚宁自述篇

还记得高中三年挥洒的汗水，还记得教室里同学们的欢声笑语，还记得得知自己是全省文科状元时的那份激动……

不知不觉中，一年快要过去了。如今的我，内心早已平静。

高考时优异的成绩，让我顺利地进入了中国的最高学府——北京大学。成绩出来后的那段时间，有许多当地的媒体来采访我，让我分享学习经验。我想说，"冰冻三尺非一日之寒，滴水石穿非一日之功。"我能在高考中取得不错的成绩，可以说是从小到大长期积累的过程，离不开家长无微不至的照顾，离不开老师不辞辛苦的教导，也离不开自己这十多年来的奋斗与拼搏。

我叫罗瀚宁，出生于 1996 年 8 月。我的家庭是比较传统的知识分子家庭，爸爸是一名公务员，妈妈是一名医生。在我没出生前，父母就已经开始讨论以后对我的教育、设想我的成长之路了。爷爷为了给我起个有意义的名字，翻了很长时间的《辞海》，仔细琢磨，终于确定了"罗瀚宁"这个名字。爸爸解释说，"瀚"是浩瀚的意思，形容学识和胸怀；"宁"取祖籍宁波首字，同时也代表"宁静致远"。

我的父母是伟大的，他们不仅希望我拥有广博的知识，更希望我拥有平稳静谧的心态，不为杂念所左右。是啊！只有心境沉稳、乐观向上，才可能厚积薄发，实现最终的目标。想想自己高中时的一场场考试，虽然也有过一些失误，但能保持总体稳定的状态，并最终在高考时发挥出色，靠的也正是这种"宁静致远"的心态。

小时候，我家在合肥市琥珀山庄小区。现在很多小区，因为地皮紧张，基本是高层建筑，绿化面积少得可怜，整体感觉压抑，而且都千篇一律，看不出有什么独特之处。而琥珀山庄是一个园林式住宅小区，借鉴皖南明清古建筑"依山而建，傍水而营"的建筑风格，具有新徽派建筑特色。正是这种淳朴的人文气息，对幼时的我产生了深刻的影响。

　　小时候，我经常在美丽的琥珀潭边玩耍，走在小区里的林荫道上，呼吸着清新的空气，欣赏着秀美的风景。每到傍晚，周边小区的人们就三三两两地来这儿散步或垂钓，还有跳舞爱好者在这里跳舞健身，也就是我们现在所说的广场舞，只不过当时还没有《最炫民族风》《小苹果》这样的"神曲"。

　　可以说，在琥珀山庄这样的小区里生活，让我从小就懂得了发现和欣赏自己身边的美。随着年龄的增长，我也渐渐明白，我们学习，不仅要学习书本上的知识，更应该从身边的点点滴滴学起，从一片落叶到整个大自然，体验并思索人生和世界的哲理。

　　我的父母对我的教育一直比较重视，认为一个人性格品质的塑造是从小就要培养的，艺术修养也需要从小熏陶。幼儿园到小学这个阶段相当重要。我的学习习惯的养成，也主要是在这个阶段，到了初中、高中的时候，他们反而就不怎么管我了。我爸妈的要求是，学习的时候就一定要认真，效率要高，利用学习过程中的一分一秒。同样，玩的时候呢，也要开心地玩、放松地玩。千万不要学着又想着玩，玩着又想着学，这样就往往既没有学好，也没有玩好。

　　学习习惯是一个方面，学习的思想也很重要，也就是说，知道自己为什么要学习，怎么学。不要单纯地把学习当作一项任务，更不要把学习看成很痛苦的事情。只有你发自内心地想要去学习，你才能真正学好。

　　幼儿园阶段在学习方面，我主要学的也就是正常的课程。当然，自己也学过一些东西，现在看来，都不算非常重要的，也许就是多识几个字吧！另外，钢琴、书法应该是从那个时候上的课，也就是在我四五岁的时候。从表面上看，这些知识对学校的功课没什么影响，但实际上，它是一种人格的塑造。

　　我们知道，音乐在人一生的成长中起着举足轻重的作用，它可以调节人的情绪，使人感到放松。这种作用在高中后期开始凸显出来，比如说学习累了，可以弹一首钢琴曲，心情就会放松许多。当然，不是说学音乐都要去当音乐家，学钢琴就要当钢琴家。更多的人还是把音乐当成一种爱好，音乐的陪伴会使你受益终身。实际上，历史上有成就的政治家、军事家、科学家大都有着较高的音乐素养，例如爱因斯坦就非常喜欢拉小提琴。

　　学习书法，我最想感谢庐阳区青少年活动中心的谢道佑老师，我是跟着谢老师真正入门的。书法和音乐一样，属于艺术范畴，是中国传统文化之瑰宝。

　　学习书法，能使人心态平和，培养人的审美能力，当然更重要的是，能塑造一个人的精神气质。古人曾说："书，如也。如其学，如其才，如其志，总之曰如其人而已。"其意思也就是我们现在所说的"字如其人"。

我学习书法，首先是临摹，感受古人的那种精神气质，改变自身，同时，也渐渐地将自身的气质反映出来。所以说，一个人在不同的年龄、不同的状态下，字的特点也是不一样的。唐代书法家柳公权就有"心正则笔正"的典故。也就是说，要写好书法，立品应为先。老师也曾告诉我们，我们选择书法碑帖的过程中包含了道德的价值取向，学习书法的同时也是修炼人品的过程。

临摹谢老师偏爱的苏轼的作品，让我了解到苏轼在文学、书法、绘画上取得的很多成就。苏轼一生屡经坎坷，致使他的书法风格跌宕起伏。他的那种进退自如、宠辱不惊的人生态度是值得我们学习的，这也启示我们，不论我们处在人生的高峰还是低谷，只要心胸宽广，那么世间万物都是充满美好的。

后来我自己练习书法，主要还是临摹王羲之的《兰亭集序》。王羲之可以说是中国书法发展史上的集大成者，他的代表作《兰亭集序》也被誉为"天下第一行书"。王羲之的书法平和自然、遒美健秀，且不拘泥古法，善于创新，这对我的影响很深。

幼儿园的时光就这样过去了，转眼间，我到了该上小学的年纪。

我进入了合肥市南门小学，在这里度过了愉快的六年。南门小学作为合肥市的一所一流学校，历史悠久、校风严谨，不过不会出现课程非常紧张、把小孩子的天性都抹除的那种情况，相反，学校还比较注重我们的素质教育，开设了乒乓球、舞蹈、器乐、书法等许多兴趣小组。

我在小学的时候，和其他同学相比，也没有太特殊的地方，只是说学习习惯比较好。我父母一直教导我该学的时候认真学，该玩的时候就放开玩，这样我才能在学习的时候不分心、不走神，而玩闹的时候，也不会突然想起来作业没有做好。

我们班的任课老师都非常好，就算我们因为调皮而犯错了，他们也不会表现出太大的怒火。或许在他们看来，犯错并不是很可怕，可怕的是犯了错还不改正。所以，他们总是在我们犯错之后耐心地教导我们，期望我们能够做出好的改变。

我的班主任盛莉莉老师是我有幸遇到的贵人，那时候她还很年轻。盛老师人真的很好，对待孩子们很有爱心，同学们也都很喜欢她。仅仅是刚刚认识，互相做了简短的自我介绍之后，她就很快和我们打成了一片。

记得有一次，我不小心吃坏了肚子，幸亏盛老师及时把我送到医院，才没有让我太过狼狈。这件事使我至今难忘！

小学的时候，老师布置的作业不会很多，所以，我也曾结合自己的实际情况买过一些学习资料。其实，我感觉这些资料作用并不是很大，因为小学所讲的知识并不是很多，也不是很难，只要平时上课的时候认真听，作业也按时完成的话，基本上就足够了。这样的话，大量的课外时间就可以用来做其他的事情了。

我在小学阶段就开始学习《新概念英语》了，我对学习英语也挺有兴趣。我的启蒙老师是一位医科大的研究生，是我妈妈的朋友，我叫她圆圆老师，我感觉学习效果挺好，课文基本能背下来。后来换了几个老师，都不太满意。幸运的是我遇到了吕老师，他不仅很有热情，而且教学有方，水平很高，一直用心带着我顺利学完第四册。

我学英语，并不仅仅学习英语课本，更重要的是养成一种良好的英语学习习惯，比如早晨起来大声朗读；平常看到了不认识的英语单词，记得查一下；看见了一些事物，如果能够用自己学习过的英文词汇表达的时候，脑子里面总是想一下。

在小学的六年时间里，我学到了很多知识，而且在父母和老师的帮助下，打下了很好的基础，对于我后来能够学得更好有着巨大的影响。在父母、老师和同学的陪伴下，我度过了愉快的小学时光，并且以理想的成绩升入了合肥市四十二中。

和我的小学一样，四十二中也是一所百年名校，而且是首批省示范初中。与小学相比，初中的课程要紧凑一些，不过我在小学已经打下了很好的基础，所以在接触新课程的时候，并不会感到难以接受，反而是充满期待的！毕竟，这是一个崭新的开始。

从小学到初中这个过程之中其实是有着一段衔接的时间的，需要我们尽量将自己的心态调整过来。当然，也不是说要把初中的课本拿来全看一遍，主要就是先熟悉初中的生活，毕竟初中在学习、在处理同学与老师的关系方面与小学相比都有一些改变。

我从小身体不太好，升入初中之后，过敏性鼻炎和哮喘更加严重了。因为这种情况，我当时经常需要请假，比如说下午就不去上课了。

说到这一点，四十二中的制度还算是宽松的，我的班主任毛秀梅老师也比较宽容。只要成绩没有太大的影响，老师也会允许你请假的。这一点也挺让我感动的。因为毛老师知道我的身体情况，也相信我的学习能力，所以对我的请假行为都比较理解，还非常关心我的身体情况。我后来参加自主招生考上一六八中学，第一时间给毛老师发短信通报，我还记得老师回复："高兴，宝贝！"

初中和小学相比，学习方法有一些变化，但没有什么根本性的变化。

在老师讲课之前，最好自己先预习一遍，并不需要多么详细，只要将自己接下来要学习的内容看一下，有一点印象就可以了。预习之后，看得懂的题目可以先尝试做一下，不懂的地方如果希望直接弄懂的话，倒是可以详细研究一下。不过一般情况下，可以先把不懂的地方标出来，在老师讲解之后，想要弄懂就会容易很多，而且也可以省下一点时间。

上课认真听讲还是很重要的，在大多数情况下，这种方式要比自己看书的效率高。上课的时候注意力要集中，一般来说，老师提出的问题是最重要的，毕竟那是老师多年总结下来的经验，是重点所在。老师提问的时候，即使自己不想站起来回答，也要认真听其他同学的回答，听听别人说的自己有没有想到。

老师每天肯定要布置一些作业，不要把做作业当成一种任务，这实际上也是一种复习。通过完成作业，可以将今天学过的东西巩固一下。在这个过程之中，甚至能够将之前所学的东西以及其他科目的内容融会贯通一番。

　　课程结束之后，原本圈出来不懂的题目大部分都应该可以弄懂了。如果还有疑问的话，可以参考一些教辅材料或者请教老师，或者和同学讨论。不过，我还是更喜欢独立钻研，老师告诉你的，基本上还是属于老师的，并不是你自己解答出来的。对于我而言，那样的话，一道题目的意义就失去了很多。

　　不过话说回来，万不得已的时候还是能够通过某种方式进行补救的，在一道题目上面花费过多精力也是不明智的。这一道题目让老师引导出来了，没有关系，我会从自己买来的辅导书中找到类似的题目，然后按照老师所指导的那种解答的方式开始思考类似的题目。只有在解开这种类似的题目的时候，我才真正明白，自己已经能够独立运用老师所点拨的那种方法了。

　　说了这么多，我想很多人都已经发现了，这样的方法，其实基本上偏向于理科，比如数学、物理和化学。而对于语文、英语这类科目而言，这种预习和复习的方式虽然可以作为借鉴，但是不能全部代入其中。

　　先拿英语来说吧，最基本的应该就是单词和语法。我们需要做的就是将那一个个单词组成一句话，翻译过来的时候能够表达出自己想要表达的意思，同时还可以看看有什么语法错误。

此时，其实有两方面是需要注意的。

一方面，是单词本身。很多人认为背单词完全就是遭罪，那一个个长长的单词，甚至比幼儿园的时候学习写字还要麻烦，因为我们生活的环境并不怎么用到英文，不经常使用的话，真的就很容易忘记了。

另一方面，则是语法本身了。中文有主谓宾之类的语法规则，在英文中也有，这一点并没有多大的改变，仅仅有时候顺序会发生变化。在英文中总会出现宾语前置、主谓倒装之类的语法结构，而在现代汉语中就没有那么多的讲究了。

当然，要说复杂程度的话，还是中文更加复杂。

在英语里面，虽然一个单词有很多意思，甚至仅仅一个介词都有完全不同的用法，但是真的追究起来，一个单词的意思其实都已经固定了。如果真的不理解，通过查英语字典也能够相互对照。

与英语相比，中文可是复杂了很多。同样一个词，在不同的语境下，可能会有完全不同甚至是截然相反的含义。

说到这里，我想到了一个很多人都知道的笑话。

某个外国人在看到中国早餐铺上写着"早点"两个字的时候，甚至都在不断地感慨："中国人真是勤奋，就算已经那么早了，却还要说早点、早点，似乎完全不想浪费一丝一毫的时间。"

　　从这里我们就可以看出来，外国人这样理解就说明他的中文不过关。另一方面，这也可以说明中文其实非常复杂，远远超过了英文的复杂程度。

　　如果一个孩子在以英语为母语的国家生活几十年，那么说起英语来完全没有问题，会说得非常顺溜。但不论是在中国的外国人，还是中国人自己，即使能够讲普通话，也能够理解其中的意思，但是想要继续深入的话，大部分人可能做不到。这就是中文的魅力，也仅有那些国学大师才能够将其中的精髓展现出来，而就算是他们，也不敢说自己能够完美展现国语的精髓。当然，一个人能够达到文辞优美的程度就已经非常了不起了。

　　虽然两门语言之间的学习方式有相同之处，但更多的其实是差异。

　　通过早读，只要认真一点，英语单词就总能够背诵出来。关于语法，也可以通过背诵来掌握。在这一点上，我觉得，与其只是单纯地背诵语法本身，倒不如多读一些能体现语法规则的代表性的句子，多从句子中琢磨琢磨语法。

　　学英语，除了朗诵文章、揣摩语法以外，与别人的交流也很重要。通过英语对话，许多语法问题都能够体现出来。

　　在语文学习方面，文言文应该算是很多学生头疼的东西。我觉得在提倡白话文之后，大部分书籍里面的内容只要具备基本知识大都能够看懂。也正是因为这个原因，我们文言文知识的积累确实薄弱了很多，并不能像以前的那些老知识分子一般博学。

这并不是在批评，我也知道自己根本没有资格批评。我声明一点，认真学习文言文，虽然有一部分原因是为了考试，但绝对不是全部。在阅读某些古老一点的书籍的时候，想要看懂那种原汁原味的版本，就需要展现自己的文言文功底了。

学习文言文没有什么快捷的方式，只能通过一个词语一个词语不断地积累，在缓慢的积累过程中进步。单单背诵一个词语的意思，作用并不是很大，原本熟悉的词语在这篇文章中是这个意思，但在另外一篇文章中很有可能变成另外一个意思。那样的话，更加重要的是通过一句话来彻底理解。

这种东西说多了用处并不是很大，只有不断地尝试才能够找到真正适合自己的方法。学习文言文的过程，就像是在走一条弯弯曲曲的小路，我们就像是在小路上磕磕绊绊走着的人，一不小心，就容易摔倒。

我也是在不断犯错、不断修正的过程之中一点点进步的，同时课外的积累同样重要。到了后来，我在面对课外的文言文时，读起来也没有那么吃力了。不过初中的时候，考试基本上还是考课本中出现过的文言文，这样的话难度就降低了许多。

这些就是我的学习方法了。或许在前面漏掉了什么，不是很全面，但已经足够了。每一个人的学习经验只能提供借鉴，绝对不能够照搬。如果每个人用的都是完全一样的学习方式，那么不就像是机器人一般吗？所以，找到适合自己的学习方式才是最为重要的。

在这一点上面，我要感谢盛老师和我的父母，如果不是他们的影响和教导，我也不会那么早就掌握了学习的诀窍。那并不适用于所有人，但应该是最适合我的。正是因为这种学习方式，我可是省下了很多力气，不至于像无头苍蝇一般到处乱撞。就算是因为身体的缘故而落下一点课程，也不会使我的成绩出现太大的波动。

转眼间，时间到了初三。父母问我，想考哪一所高中。其实很早的时候，不管是我还是父母，就已经在心里默默地取得了一致的结果，那就是报考合肥一六八中学。

在很早之前，我们就已经开始关注一六八中学了，只不过那个时候觉得一六八中学还不是太好。因为一六八中学成立于 2002 年，是一所很年轻的学校，刚成立那会儿，生源各方面肯定都不是太好。不过不得不说，合肥一六八中学确实是一所神奇的学校，短短几年时间，一六八中学就成为可以与老牌名校一中、六中、八中相提并论并且毫不逊色的学校了。恰好，我父亲单位的职工宿舍就在一六八中学旁边。学校很好，而且还离家很近，这种学校当然不能够放过了。

这个目标出现之后，我再也没有时间去想其他的东西，脑子里面都是关于一六八中学自主招生的想法，而且不断地冒出自己一定要考进去的信念。

一六八中学是在全省范围内自主招生，考试时间在每年的五一假期。一六八中学的自主招生对全省成绩不错的学生都很有吸引力，而且考试资格的审核还比较严格，需要出示初中成绩排名，以及相关的一些奖状和证书。

自主招生有几个档次，一个是交费宏志生，一个是免费宏志生，自主招生通过以后，中考只要达到基本的分数线，就可以上这所学校了。报名之后，我变得沉稳很多，不断地增强自己的能力。

当时那段时间我还是很忙的，生活也变得单调了许多。我原本喜欢的一些活动都放弃了，很多时间都用在了学习上面。

就算我在学校的成绩非常不错，但对于自主招生还是没有足够的信心，尤其是我后期的成绩还出现了一些波动。而那个时候，只有通过不断做题来增强自己的信心。不过一想到自己的目标之后，心中还是会涌出动力的。

那是一段风雨无阻的日子。为了节省时间，每天都是父亲开车来接我。虽然我的父母工作都很忙，但自从我上小学后，他们就几乎没有出差或出去应酬了。不过即使在这个时候，父母还是担心我太辛苦，不让我打疲劳战。一开始我还想熬夜看书，由于父母不放心，半夜还悄悄开门看我到底是不是在睡觉，我因此放弃了这样的念头。后来我想想，确实，半夜看书，打疲劳战，影响了第二天的精神状况，这实际上是得不偿失的。

　　五一假期的时候，自主招生终于开始了！

　　一六八中学的自主招生在合肥市有好几个考场，我被分到了其他的学校。来参加考试的人非常多，可以说考场里是人山人海，不仅仅是学生，家长的数量更多，可能一个学生后面就要跟上好几个家长。

　　家长是不被允许进入考场的，所以只能在外面等待。那个时候阳光还很大，如果一整天都站在那里的话，很可能就会中暑，但很多家长还是打着伞在那里坚持着。

　　为了这一天，我已经准备了很久，但在步入考场的那一瞬间，依然感到了一丝紧张。在深吸一口气、慢慢呼出的过程之中，那种紧张的情绪渐渐地舒缓了很多。

　　自主招生的考试进程是这样的：上午和下午各考一场，语文和英语在一起考，数学和物理在一起考，其他的科目不考。

自主招生的题目难度很大，不拘泥于课本。比如语文，它会考你许多课外的古文句子，数学、物理考的很多题目都是远远超出中考难度的，而且时间十分有限。

一开始我心里还是有一点点慌张的，但是在一段时间之后，心中的紧张情绪渐渐消失，完全进入了考试的状态。我所要做的就是，竭尽全力将我三年所学到的东西全部发挥出来，就像是在复习一般，将脑子里面所记的写下来，将自己学到的东西通过回忆再次写出来。

考场秩序很严格，每个考场都有两三个监考老师，而且都是当众启封试卷袋。考试的过程中很安静，考生基本上连抬头的都没有。即便如此，那些监考老师依然没有丝毫放松。

窸窸窣窣的书写声不断地在我的耳边回响，一开始那种声音还让我显得有点烦躁，但是渐渐跟上节奏之后，那种声音都消失了。我的耳朵在这个时候似乎失灵了一般，脑子里面是有关眼前试卷的各种想法。

考完之后，就像是选择性失忆一般，考试的内容竟然忘记得差不多了。但是我依然还记得语文试卷作文的名字，叫作《送考》。这个名字，真的有着很深长的意味。

家长都在焦急地等待着，我走出了考场，在不远处看见了在人群之中等待的父母。我的父母没有问我考得怎么样，只是关心我累不累。那个时候，我看见父母的脸上满是替我高兴的表情。

自主招生之后，我再次进入准备中考的紧张氛围之中，每天都在做试卷，看着各种各样的题目。大约过了半个月，我接到了通知，告诉我考上了免费宏志生。

免费宏志生是最好的结果，也是分数最高的一项，这意味着我不仅能升入一六八中学的宏志班，而且三年的学费都免了。

父母知道了这个消息之后，他们都为我高兴，我一直以来的努力终于获得了回报。

其实考上了免费宏志生，中考就显得不是太重要了，只要达到基本录取线就可以了。但是，我却要看看自己在中考的时候能够发挥到什么程度，所以依然没有太过放松。

中考两天半，又是一场磨炼。三年的努力，都在这短短的两天半时间里体现出来了。成功的将会微笑着面对新的开始，而失败的则显得有些黯然失色，在失落之中开始新的生活。中考并不是结束，同样也是一个崭新的奋斗的开始。

我的中考成绩是 737 分，也算是一个很不错的成绩了，不过不能说是顶尖。我记得那年一六八中学在合肥市区的免费宏志生分数线是 735 分，也就是说，即使我不参加自主招生，我凭中考的成绩也是可以成为免费宏志生的。

其实，主要是因为那段时间我身体还是不太好。中考的时候有一个体育测试，我就没有参加，满分 40 分的体育测试只拿了 20 多分的基本分。不然的话，我的成绩应该还能更高一些。

当然，考完了，就都是过去式了，能升入理想的高中才是最重要的。要离开四十二中了，我的内心万分不舍，也在心里默默地立志，如果我在高考中没有取得一个好的成绩，我就没有脸再回到这里了。

就这样，我微笑着踏入了一六八中学，从此开始崭新的生活，同时信心十足！

来到一六八中学，我确实有许多之前体会不到的感受。校园面积很大，环境幽雅，看着教学楼里学长、学姐认真学习的样子，我就暗暗下定决心，这三年一定要好好学习。

我们那一届高一有二十多个班，一千三百人左右。一六八中学的班级设置是这样的，有全省班和宏志班，我们那届大概各占一半。全省班由来自全省各地的学生组成，中考的成绩不如宏志班，但他们有巨大的潜力。宏志班就是学校把成绩优秀的学生集中在一起编的班，让他们在更高层次上学得更深一点，这体现了分层教学、因材施教的优越性，不至于出现成绩优秀的学生"吃不饱"，程度稍差的学生"坐晕车"的情况。宏志班由一般的宏志生、免费宏志生和珍珠生构成。一般的宏志生需要交学费，免费宏志生三年学费全免。珍珠生品学兼优，家庭条件非常困难，学校对这部分同学不仅减免学费，还想方设法引导热心教育事业的企业及社会人士给予他们生活上的资助。

进入高中，学科数目增多，一共有九门，难度也比初中明显加大。学校里面也是高手云集，竞争很激烈，不过我也喜欢这种挑战。高一刚入学的时候，学校有一个入学测试，主要考的是偏理科的科目，涉及一些高中的内容，我当时是年级十一名，班级第三名。因为我之前的基础比较扎实，学习习惯也比较好，所以高一也没有显得太吃力，成绩基本上都稳定在年级前二十名。

除了正常的课程学习，当时还有一个学科竞赛，好像是在国家级或省级比赛中得了几等奖，高考的时候能加分，当然现在这种加分制度逐渐取消了。学科竞赛的难度非常大，远远超出课本。当时我是被老师选中，参加了物理和化学的竞赛。物理还能听懂一点点，化学基本上是什么都听不懂。

因为竞赛辅导大部分是在周末上课，所以那个时候还挺辛苦的，有时候跟我参加的模拟联合国社团的活动还有冲突。但是我觉得对学有余力的同学来说，参加学科竞赛也挺好，倒不是说一定要获得什么奖，主要是锻炼一种思维，能让你的脑子动起来，让你学会思考。思考在平常的课内学习中也是非常重要的。

　　一六八中学，当时在合肥市可以说是能和一中并列的学校了，所以在学习方面抓得比较严，但也不会太过。我们学校有一个口号，就叫作"立足于升学预备教育，着眼于学生终身可持续发展"，就是说学校肯定要保证升学率，但是基本上也不会让你成天只会死读书，还是比较注重学生的全面发展的。学校当时也会评比"校园之星"并在学校网站上展示。高一的时候，因为我的钢琴已经达到十级水平，书法曾多次参加合肥市书法展并被外国友人收藏，英语已经学完新概念四册，达到公共英语三级水平，再加上各科成绩都还不错，所以被评上了"全面发展之星"。

　　高一这一年，其实我更注重各个方面的综合成长。当时我是班上的团支部书记，班主任轩阳梦老师特别信任我，把很多事情都交给我做。跟着轩老师，我不仅学会了做事，更重要的是悟出许多做人的道理，接受了许多正能量，能力提高了，意志坚强了，得到了很好的锻炼。

　　一六八中学是封闭制学校，除非你家比较近或者有特殊原因申请走读，其他情况都是要住校的。高一上半学期因为我新家还在装修，所以也是在学校住宿，到后来才开始走读的。住校期间也是一个锻炼，不仅生活上的事情都需要自己处理，更重要的是要学会怎么跟大家相处。

　　有些同学高中的时候对于住校和走读也比较纠结。我觉得这要看自己的自控力，也就是哪一个能让你更专心一点。我其实都还好，但因为当时生活能力稍微差一些，所以住校的话，烦心事还是稍微多一点。当然有的人走读不自觉，又要玩游戏什么的，那就没有办法。有些东西就是对自己负责就好，不要想太多。

一六八中学还有许多社团，比如说动漫、手工、舞蹈、音乐、心理、武术、话剧社团等等，一般周三下午的后两节课是社团活动时间。我当时参加了模拟联合国社团。

"模拟联合国"就是学生们扮演不同国家或其他政治实体的外交代表，参与围绕国际上的热点问题召开的会议。代表们遵循议事规则，在会议主席团的主持下，通过演讲来阐述观点，为了"国家利益"辩论、磋商、游说。在模拟联合国社团，我们主要是通过亲身经历熟悉联合国等多边议事机构的运作方式、基础国际关系与外交知识，并了解世界发生的大事对我们未来的影响，了解自身在未来可以发挥的作用。

社团活动我就参加了这一个，我认为社团活动还是要在自己学有余力的情况下参加，至于什么情况叫学有余力这个就要自己把握了，没有一个具体的标准。不是说你每次考第一名才叫学有余力，而是说成绩能让你满意，而且并不是非常吃力的情况下，你可以去考虑参加一种社团。

社团活动总体来说对学生的帮助还是很大的，主要是对人的一种素质的培养，一种能力的磨炼。因为一个团体里面众口难调，会出现各种各样的矛盾，如果你作为一个普通的社员的话，你要思考怎样去化解矛盾，如果你是这个社团的负责人的话，更是要协调各方，掌握大局。像我参加的模拟联合国的活动，除了锻炼了人际交往的能力以外，主要还是在英语、文学写作和演讲等方面对我有一个促进作用。另外，它实际上是在培养我们的一种精英才能和领袖意识。

当然了，可能不同的班主任对社团的态度不一样，有些老师觉得能提高综合素质，支持我们参加，有的老师可能觉得会影响成绩，不太鼓励学生参加。我当时的班主任轩阳梦态度比较好，他应该跟我的观点差不多，只要是学有余力的情况下，他还是比较支持的。

轩老师在学年结束时曾经在家长联系本上给我写过一句话："希望你能站在时代的前列。"这是班主任对我的一个期望，也对我起到了很大的激励作用。怎样才能站在时代的前列呢？不仅仅要学习书本上的知识，还要有一种国际视野，要关心世界上发生的大大小小的事情，提高自己各个方面的综合素质。可以说，轩老师对我的影响是很大很深的。我遇到的班主任都很好，我也感到非常幸运。

除了我刚刚说的那些社团以外，学校在我们高一的时候还举行了一次研学旅行活动。我们当时的研学旅行分五条线路，分别是洛阳—开封古都文化之旅、曲阜—枣庄儒家文化之旅、苏州—扬州园林之旅、绍兴—嘉兴鲁迅文化之旅和婺源徽州文化之旅。参加这种活动，除了可以丰富阅历、陶冶情操、欣赏风景、感受文化以外，其实也是培养一种与人相处的方式，增强一种团队合作的意识。

比如说，旅行的路上确实会花很多时间，但是不一定非要一路玩手机。晕车的同学，我们可以让他们坐在前排睡觉、休息，不晕车的同学，可以到后排和同学们 K 歌，甚至平常看起来可能有些严肃的班主任，这时候都会放得很开。

到景区的时候，同学们都忙着拍照，有些可能还会打打闹闹，但是肯定要遵守校规校纪，文明出行，在公众场合不要喧哗，要体现一种良好的文明素养。所到之处，许多同学都不断做记录，仔细询问导游关于考察点的文化知识。虽然时间不长，但在行程中同学们学会了独立，学会了吃苦耐劳，并在实践中锻炼了自己。

晚上需要到宾馆。当时我们的宾馆条件还不错，之前听学长、学姐说他们当时有的宾馆没有无线网，电视只有一个台还总是断，而且只有一个插座有电，大半夜还要爬起来把相机和手机换着充电。当然了，如果在宾馆里每晚都是玩手机度过的，那还是比较浪费时间的。晚上老师一般不让出去乱跑，那待在宾馆干什么呢？这正是和同学们增进感情的机会啊！女生可能几个房间的人聚到一起聊聊八卦，男生可以聚到一起打打牌，男生、女生有机会聚到一起，也可以玩玩真心话大冒险什么的。

其实在我们那一届以前，"研学旅行"叫作"休学旅行"。后来为什么把"休学"改成"研学"了呢，我觉得可能是说，去旅行不是只让你去玩而不需要学习的，它实际上是另一种学习，一种研究性的学习。要带着任务，目标明确，这样才算是真正利用好了旅行的机会，才会收获丰厚。旅行回来以后，学校还会组织学生整理研究性课题论文和摄影作品，并开展征文评选、方案设计评选等活动。

我们知道，高一结束的时候就开始文理分科。不知道现在文理分科是什么情况，反正当时我们是要文理分科的，而且可以说是非常重要的事情。有些同学很果断，但有些同学也是犹豫不决。

就我们学校整体来说，一般都是学理科的人数远远多于文科。我高一的那个班是理科班，也就是说，如果选择学理科，我可能会继续留在这个班里面，如果选择学文科，就得换到其他班。我们那届还有点特殊，就是学校准备把文理科排名靠前的尖子生再抽出来，开设两个理科分层教学班和一个文科分层教学班。当时可能有些人觉得这是变相搞重点班，但我觉得其实分层挺对的。学习上比较吃力的人和学习比较轻松的人，如果老师教的方法都一样的话，那可能学习效果就不一定好。开设分层班的话，能够因材施教，我个人觉得还是不错的想法。

关于文理科，我当时曾经做过比较，一方面比较一下高中文理科的科目，另一方面看看大学里面文理科都有哪些专业。后来我觉得还是对文科更感兴趣。因为理科所有专业最后它们相对应的职业里面，我大部分都不感兴趣，但是对文科专业以后可能会从事的职业，我大部分都感兴趣。

所以说，那时候我是坚定想学文科，我爸妈意见不是很大，他们主要是参考我的意见。我爷爷、奶奶还是希望男生学理科，因为一般情况下可能男生学理科的多一些。但是，他们也比较尊重我的意见，没有和我说太多，实际上我知道他们的想法。后来，当我已经选定了文科，我才从爸妈的口中得知，他们本来想支持我选理科的。

另外，学校高层在这方面其实也没有干涉太多。我们学校有个口号，叫"人文引领，文理并重"，就是说学校对文理科都很重视。当然之前我不清楚，至少我们那一届是这样的。实际上，学校开过几次家长大会，好像还有点鼓励成绩好的学生学文科的意思。记得高一刚开学那会儿，我还曾对校长口出狂言，说学校 2009 年已经出了一个理科全省状元，那以后我来给学校考一个文科状元。当然了，实际上我的本意是说我想上文科，这句话也许只是表达了一个美好的愿望，没想到当初的梦想竟然真的实现了。

当然了，我高一的时候其实理科成绩也很不错，总分在学校里也是排在前列，如果选择学理科，也是能分到理科的分层教学班。在大部分人传统的思维里，可能觉得成绩好的同学还是学理科更合适一些。尤其是我高一的班主任轩阳梦，因为跟我一年接触下来，他对我也比较了解，也彼此产生感情了，他就特别想留住我，高二开学都一个月了，他还打电话问我能不能再换回来，还找到家长和代课老师，甚至游说校长。不过最后，我还是觉得学文科合适一点，所以，我还是选择在文科分层班里继续学习。

刚进文科分层班，也进行了一场入学测试。因为我高一期末考试考了年级第一，所以当时很多同学都说入学考试肯定又是我得第一。但实际上，这次考试我是第二名，第一名是张然然同学。这也提醒我，文科班也是有许多高手的，自己不能有所懈怠。

因为从整个高一来看，基本上老师都是偏重理科教学的，文科可能就是教一些基本的知识。所以高二的时候，文科对我们的要求就提高了许多。政治、历史、地理，你可能觉得看课本挺简单的，但实际上课外要拓展的内容非常多，想真正学好也是很不容易的。

至于理化生，因为我们是文科，只需要在高二结束的时候参加一个学业水平测试，所以平常学的就比较简单了。

语文和英语，可能比高一的时候要更重视了。我们的班主任汪克亮是非常棒的数学老师，教学水平是一流的。对于文科数学，他要求我们最主要的是掌握基础题，然后再进行拓展和提高。

对于高二的学生（尤其文科）而言，学习负担仍不是太重，这时我觉得还是应该积极拓宽视野，多了解《新闻联播》、报刊报道的热点事件，一方面热点事件可以作为写作素材，另一方面有助于培养文科素养，有助于自主招生考试。

高二这一年，我的成绩基本上比较稳定，也参加了不少活动，比如学校的第三届科技节"科技小论文和金点子创意比赛"。我当时想了一个防盗卫士的点子，得了一个鼓励奖。

高二时，学校开展了第二届模拟联合国大会，英文会场的主题是讨论"在世界移民浪潮和经济衰退大背景下，如何应对排外主义"。会前，在协会指导老师的指导下，"模联"的同学利用紧张的课余时间积极筹备会议，多方协调沟通，艰难但顺利地完成了各项任务。无论是确定议题、制作会议手册、横幅、海报、国家牌、布置会场，还是拟定会议及开闭幕式流程、打印会场文件以及一些后勤保障工作，大家都一丝不苟地策划组织，为保证会议的顺利举行而辛勤付出。与此同时，此次会议力求学术性、专业性，我们认真研读背景文件，通过多种渠道搜索资料，研究整理，撰写中英文立场文件，并在会议期间撰写工作文件、决议草案，这让我受益良多。

高二下学期，学校还组织我们进行了一次远足拉练。那天一大早，高二全体师生就集中在操场上，开始进行简单庄重的授旗仪式。校领导对全体同学作了亲切而又鼓舞人心的动员讲话，并亲自把象征着荣誉的三面旗帜交到旗手手中。接学生的车来到指定地点，集合整队，再沿着繁华大道一路向西挺进紫蓬山，总路程在二十公里左右。一路上，学生以班级为单位分为两路纵队前行，每班有两到三个老师随行，保安协管交通，体育老师指挥引导，校医严阵以待，学校领导和年级主任一路随行。每个班都有班号，每个班都有班歌，一路歌声，一路口号，蔚为壮观。我们中途在安徽省文达信息工程学院稍作休整，吃了自带的干粮以后，带走身边的垃圾再次出发。

紫蓬山的山路又窄又陡，对于很多从来没有长途跋涉的学生，夸张点可以说是难于上青天，但我们基本上都咬牙坚持了下来，就如紫蓬山上生长在悬崖峭壁上的树木花草一样坚韧不拔；脚上已经磨出了水泡，又把水泡磨破，贴了创可贴后，继续前行；旧伤发作了，疼痛难忍，仍要坚持，其他的同学就搀扶着慢慢走。远足拉练确实挺累人的，不过这也是对我们的一次磨炼。如果连这个都坚持不下来，高考后期阶段就真的很难熬了。

到了高三，新课程基本上学完了，主要是复习。高三有段时间，我倒是状态不太好。

我们知道，当时北大有一个中学校长实名推荐制度，清华有一个领军计划。虽然名字不同，但基本上是一个意思，就是由学校选出一位成绩拔尖、品质优良的学生，无须笔试，只要面试通过，就可以在高考中享受大幅度降分的优惠录取政策。

我们学校在北大和清华各有一个名额。按照惯例，学校是把清华的名额给理科，北大的名额给文科。如果文科有一个名额，按照成绩排名和综合素质来看，那肯定是我了。所以我就一直期盼着能拿到这个名额。如果能拿到这个名额，高考享受那么大的优惠，北大我是肯定能进了。

但是事与愿违，学校的文理科推荐名额都给了理科。"错过"了北大的校长实名推荐，说实话，我当时心里是有点怨气的，不过现在想想，那都不算什么，而且你凭什么说那就是你的，只是自己一厢情愿而已，所以自己当时的想法现在想起来还是很幼稚的。

实名制推荐没选上就算了，还有自主招生嘛。自主招生是这样的，当时有"北约"、"华约"和"卓越"三个联盟。你首先得向大学申请自主招生的资格，有了资格，才能够参加。当时为了自主招生，学校还组织了一些辅导，因为自主招生考试的题目涉及的知识面很广，难度也很大。

我当时也是拿到了北大自主招生的资格，可屋漏偏逢连夜雨，在自主招生考试中，我又以五分之差落选。我这时候真是有点着急了，心情也浮躁起来，模拟考试跌至年级第八名。那个时候我也觉得自己必须要破釜沉舟了。

接着，在高三年级的趣味运动会上，我下台阶的时候不小心摔伤了，脚部韧带受伤，在家躺了两个星期，这可以说是我整个高中阶段最低谷的时期。

等我回到学校以后，我也开始调整心态，老师也鼓励我说："即使没有校长实名制指标和自主招生名额，只要心态正常，凭你的实力也完全可以考进北大。"终于，三模考试我又重回第一，这让我找回了自信。现在回想起来，我还特别感谢这段经历，因为有挫折，我的高中才完整，也让我学会了勇于面对一些困难。

说到后来这个阶段，其实我要特别感谢我们班的裴习育、王英杰等同学，他们学习特别用功，平常下课的时候都在用心看书、做题，带动了整个班级的学习风气，这点相当重要，毕竟有压力才有动力嘛。

后期的学习，课堂四十分钟是精华，必须保持充足精力。因此晚上不要超过十二点，中午尽量多睡一会儿。上课时，尤其是文综，不要把时间都花在记笔记上，也不一定非要找个笔记本。最关键的知识点记在书上，复习起来只需要看书，十分方便。一轮复习期间有富余时间的话可以采取上课草记，课下整理的方式。规划各科学习时间因人而异，但一般以文综、数学为主。

我们班同学的一般做法是：文综课本在饭后背（站着或走着，消食且有利于集中注意力），数学集中在第一节晚自习（晚上七点到八点半）做，之后安排除数学外的各科习题。睡前、起床后背单词、背古诗，早读（早上七点到七点半）看两语作文素材、积累词句。学习时全神贯注，心无旁骛；切忌做一题对一下答案，切忌频繁换书；注重思考，切忌不动脑子想当然、偷懒。

对于我来说，文综相当重要，因为我的文综成绩相对于主科来说要稍差一些。最终的高考不是看你哪一门最顶尖，而是要看平均分数，所以，还是要选择对你弱势的学科多下一点功夫。这个弱势科目不一定是指你平时考得差的，而是指你平时学起来感觉比较困难、比较吃力的。这个只能根据自己平时的情况来了解，比如我的文综要是跟我们班的熊熙然、孙梓青、张然然等同学比起来，就不算太好。

到后期，我觉得文综还是看课本、背课本最重要，因为课本始终是最权威的。这时候，大部分同学每天早上来教室都很早，早读课之前就会站在走廊上背书。一开始我也是跟风，到后来我才逐渐认真地背书。我觉得背书的时候千万不要把一本书整个读一遍，关键是要看重点、背重点，尤其是对政治来说，历史可能看得细一点更好。这一点，我其实挺感谢我高二的政治老师王群，她就特别强调我们读书、背书，这是一种很好的习惯。

不要以为课本翻过无数遍了，就轻视教材，其实最核心、最重要的东西还是在教材里，到了复习的最后阶段一定要学会回归课本。如果对课本非常熟悉，有时看到某个知识点就能联想到会出什么样的题目、会有哪些变化。课本是最重要的，这不是一句套话，也不是空话，真的是我自己的体会。

当然，历史老师有时候也会给我们放一些纪录片，比如《大国崛起》，一方面是给我们解解闷，一方面也是拓展我们的知识面，培养一种分析历史的思维。我小的时候也喜欢看《百家讲坛》等节目，主要是培养兴趣。高中以后，看的就比较少了，因为与考试的关系不是太大。但是知识面广，以长远来看肯定是好事，比如我们的班长熊熙然，我们真是感叹他什么都知道，说什么他都能插上话。

地理可能有一点理科的性质，要多做一些题目，但是该背的也要背，文科都是这样。地理还有一点特殊的，就是地图肯定要非常熟悉，要经常看。

至于辅导材料呢，最好的习题是过去三年的高考题、模拟题，尤其是一轮复习阶段。因为这些题目是命题专家组的智慧，它强过原创的题目，与真正高考时的题目相似度最高。做这些题目时，要注意三点：一是题目的考查内容与方式，二是解答时使用的思想方法，三是如何书写答案。做题不宜过多，但要做到每道题、每套试卷都有收获，注重总结反思。做过的同一类型的题目，要学会总结出套路、规律。平时多用心，考试就不费劲。如果总是做那些偏题、怪题，真正考试的时候思路确实会被带得不好。

文综是一个方面，主科也是相当重要的，尤其是数学，比如最后一题，很多高手就栽在这上面。数学一旦有失误就挺惨的，因为高手之间最后就是拼那几分。

数学也不一定非要用题海战术，关键是要总结规律。因为高考题基本上都是有一定规律的，每年的题型基本上都是那样。理科数学我不敢讲，文科数学就很有规律。平时不光要总结题型，还应该总结每一种题型的答题方法。我们数学老师汪老师讲得非常好，要多思考，这个相当重要，不管学什么都是。汪老师的教学方法很好，更重要的是他也会"放权"给我们，给我们自主学习的空间。他平时讲课，也不会太啰唆，讲的基本上都是比较实在的东西。

考试的时候，可能很多人碰到太难的题目会放弃，但是平常我觉得还是要做出来，至少要把它搞懂，就是说答案你一定要看懂。看懂了以后，如果自己能把它讲出来那就更好了。有些题目，像是椭圆、双曲线、导数什么的，虽然非常复杂，但你也不要抱着一种"自己的省份高考不会考这种难题"的心态，遇到难题就要把它搞懂，既然遇到了，你就不要放过它。

实际上考试的时候我还是觉得谨慎些比较好，做题的时候就把问题解决了，后来就不要担心了。答题卡你涂了一下，虽然可以擦，可以改，但还是比较麻烦。如果前面都答得比较认真，那心里的石头基本上就放下了，你要是前面漏了好多题，那后面就很不舒服。我考试的时候语文可能会跳着做，但其他科目则很少跳着写。

学习高中语文，也就靠勤奋，多看看，多做一点题目，训练要日常化，每天至少要搞那么一两篇文言文，或者古诗什么的。这就是一个手感问题，它也有很多固定答题的套路。一方面要看教材，做习题，另一方面要自己去体会，去总结。语文只要你花工夫，应该都不会太难的。

后来，我们的语文老师刘湘玲给了我们好大好大一个集子，比高考题还吓人。没办法，老师有时候要检查，所以得做。她有时候想起来了，就来找我要。这时候我拿给她看，她就说："哎，做得不错，不错不错!"这个确实是很重要的，就是要常规化训练。语文绝对不是你看起来会做就行了，你还是要动笔稍微写那么两下子。

如果老师不是经常训练作文的话，你也要经常写。但是我们老师训练得还是挺多的，所以我课外就没怎么写了。其实高考的时候主要就是写议论文，也是挺有规律的。虽然你不一定能写出彩，但是按照套路的话，也还是可以的。反正我就严格按套路来，写一千字左右。

英语的话，主要是我以前的基础不错，高中之前就把新概念学完了。所谓学完，其实也就是把课本都差不多看了一遍，也挺好的，至少认识了不少单词。新概念学完了，我又开始学习雅思考试内容。很多人问我英语的学习技巧，这没办法跟他们讲，我又不知道背单词、背句型这些东西到底应该怎么搞，我大部分就是凭自己感觉，题目也要做。我在英语这方面下的功夫确实不是很多，最多也就是完形填空稍微做一些，练练手感。所以英语学习，我的方式不太有普遍的意义。

学英语还可以看一看原版电影。可能很多人看的时候也就是看热闹，但是暑假的时候看看美剧，也挺好的。你如果真的想把英语说得很好，或者跟老外交流没有障碍的话，就要锻炼外语的思维，而不只是学习人家的语言，所以要看原版的东西。当然，其实我自己在这方面也没有下太大的功夫，也挺后悔的。

高三阶段，虽然学习任务紧，但也不要打疲劳战，这是我最大的体会。高三我也就偶尔有过十二点多睡觉的，但一般都不会熬夜。学会休息才能学会学习，这个道理谁都明白，可真要做起来就没那么简单了。要么是舍不得休息，害怕浪费了宝贵的复习时间；要么是舍得休息了，结果却收不回心思，同样影响学习。

对于这一点，我觉得要练习控制时间，并高效利用时间。保证有效的学习时间才最重要，如果觉得自己累到不行了，就要好好休息。学习的时候一定要全身心投入，专心是最重要的，时间不是最重要的。要把专心摆在第一位，这样的话学起来就会比较轻松一些。

很多人说我是学霸，但我不觉得自己是学霸，我的高中生活也不像有些学生那么苦，还是比较轻松的。和同班的其他同学相比，我背书背得不算最熟，但比较善于抓住重点，对于书本上的主干知识梳理后再强化。我觉得还是要在课本上下功夫，至于学习方法，还是因人而异，没有宝典。我还是建议即将进入高三的同学，不要打疲劳战，高考毕竟是在白天，还是要将兴奋点调至白天。

高三总体来说确实比较累，有时候也得学着"苦中作乐"。比方说，我们当时也喜欢给某些老师和同学起善意的外号啊，跟他们开开玩笑啊，每晚看《新闻联播》的时候也会找一些笑点啊，尤其是当时的英语老师李春林还喜欢跟我们讲一些笑话，不仅非常好笑，而且跟英语学习相关，这些都挺好的。

另外还有一点，就是要保持平和的心态，这一点也尤其重要。我虽然自己幻想过要考第一名，要考某个名牌学校，但这只是一瞬间的事情，不管考得如何，都要保持平和的心态。在平时各次模考或是学科测试时，都要保持这样的心态。只有这样才不会影响复习的整体状态，否则很难保持平稳。

高三的考试是十分频繁的，成绩波动甚至在一段时间内的退步或走向低谷都在所难免。当出现这种情况时，一定要冷静分析原因，如果是粗心或者不规范答题导致则不用过度紧张，因为这不是自己的真实水平，但下一次一定要注意不可再犯。如果是知识漏洞，则必须立刻回顾课本或作业进行填补。抛去其他因素仅考虑实力，考试过程中结果其实已经注定，所以，多想或者焦虑只能拉低你的分数。

平时不要把考试看得太重，考试也不过是一道道题目，而且都是平时见过的题型，只要和往常一样把每一道题做好就行，不会的也尽自己最大努力去思考，高考同样如此。感到压力较大时，可以去操场等地方闲逛或者与好友聊天，因为焦虑时学习效果事倍功半。

不要因为一次考试考得不理想，就要死要活的。我当时也在班上说过，不要以为自己是分层班的学生，就觉得了不起，别看现在全省班同学的成绩不如我们，但可能以后他们就成了公司老板，我们还给他们打工呢，这都是有可能的。还有，比如说我们班的黄韦达同学，他可能平时忙着写作啊出版啊什么的，后期就基本上不来学校了，最后也考上了安徽大学，也是很好的 211 大学，而且他现在发展得很不错，出版了好几本科幻小说和童话故事，拥有很多忠实的粉丝。也就是说，还是要根据自己的实际情况来计划，找到自己的兴趣所在，找到适合自己的方向。

时间一点一点地流逝，很快就到了高考。

我的考场是在合肥八中，离我家不算很远，所以我就没有在宾馆开房间，每天由我爸开车接送。

很多人觉得高考这几天也需要特别讲究，但我是没有什么特别的地方的。我觉得最重要的就是要保持平时的习惯，营造一种轻松舒适的氛围。

在考试前一天，我花了二十分钟跟我爸妈商量这几天早中晚吃什么。父母在高考期间做的也都是我爱吃的菜，也没特别考虑什么营养，就跟平时差不多。中午吃饭的时候，我甚至还在看《舌尖上的中国》。

晚上回来，最好还是看看书。这个时候肯定有点看不下去，但还是尽量去看吧，把一些最关键的、绝对不能错的地方多看看，比如说默写呀，自己总结的一些答题技巧和错题什么的。把能看的看一看就行了，千万不要考试时慌了手脚，觉得这个没复习，那个也没复习。晚上还是尽量睡早一点为好。

关于去考场的时间，这个我建议早一点去。我的习惯一向都是早一点，万一你路上出现什么状况，去晚了的话就会很麻烦。当然，这可能也跟我的个人性格有关，我比较胆小嘛。

高考这几天我还是比较顺利的，可能就有一个地方稍微有些紧张。就是考数学时，最后一道三角函数的题目差点难住了我，我一开始想的思路就错了。当时拼的就是一个心态，如果之前一直都没有波折，那高考的时候不一定心态就很好，如果说你经历过一些事情，到最后基本上就是一颗平常心的话，那很有可能会发挥得比较稳定一点吧，咱们不求超常发挥。

所以，即使时间所剩不多，我也没有慌张，反而沉下心来一步一步解答，最终顺利完成题目。现在回头看看，稳定的心态还要感谢之前的那段经历。

高考结束以后，我确实觉得这次考得没话讲，就是说基本上没有留下遗憾，感觉会做的题都做出来了。我不追求所有题目都对，肯定也有一些是蒙的，但是我就要求一点，我会做的一定要拿到分。

考完试以后终于可以放轻松了。到了 6 月 24 日，也就是高考放榜查分的那天，刚好我家网络又坏了，这时候我就比较着急了。上午十点左右我接到了校长的电话，这才放下心。不过校长可能也不是第一个知道成绩的，应该是北大招生组老师首先知道的。我赶到学校时，北大招生组老师已经等候多时了。

语文 120 分、数学 146 分、英语 145 分、文综 239 分，总分 650 分。这是我的最终成绩。我一开始就知道考得不错，估分在 640 左右，但要说是全省文科状元，这个我之前倒是确实没想到。

在这几门科目里面，应该说数学和英语都考得非常好，文综 239 分，应该不算很高。我感觉可能在书写上有些吃亏，这一点我也想提醒即将进入高三的学生注意。因为我一直比较喜欢行书书法，所以平时在答卷过程中，也习惯了这样的书写方式。有时不加注意，写出的字就不太好辨认。特别是文综大题，往往要写上一大堆字，如果不好辨认就很难得分了。

成绩公布以后，不少名牌大学都向我伸出了橄榄枝。之前我个人比较倾向于北大，北大的元培学院就是自己很理想的院系。但是清华的招生办向我介绍了他们的情况以后，我对清华也很憧憬，特别是一些人文科学类试验班。

得知成绩以后，那段时间确实忙得团团转，母校邀请我回去讲座，报社记者来采访，电视台邀请我给准高三学生和家长分享经验。我知道，将来一定会怀念这段无比难得的时光。我并不反对宣传状元，只是不喜欢炒作，不喜欢过多的渲染，因为每一个和我一样亲历过高三的人都知道，这个"状元"有多大的偶然性，又是多么地平凡和普通。

不过，我还是要向采访过我的所有新闻工作者致敬，你们让我看到了这个职业的辛苦，同时也看到了这个职业的无上荣耀。我要感谢给我关心的邻居们，感谢为我激动、为我开心的叔叔、阿姨们，我一定不会辜负你们的期望，再接再厉！当然，我更要感谢我坚强的后盾——家人、老师、"战友们"，我永远爱你们！

一路走来，这是我此刻最想说的。

见面会结束了，两个礼拜的疯狂也总算结束了，生活终于再次归于平静。毕竟，高考也只是代表一个阶段的结束，未来的路还很长。经过深思熟虑之后，我决定还是上北大的元培学院。

没有想象中那么可怕，高考就这样过去了。这一年的高考，我们学校也取得了很好的成绩。全校 1079 名毕业生中，11 位同学被清华大学、北京大学录取；134 位同学考入中科大、人大、复旦、南开等名牌大学；470 位同学被985、211 高校录取；一本文科录取率 81.2%，理科85.4%，稳居全省第一。

我们高三十五班，更是被媒体誉为"最牛文科班"。我们班包揽了合肥市文科前四名，这四位同学也在全省前 20名。我们班有 7 人进入全省前 50 名，17 人进入前 120 名，30 人进入前 200 名。600 分以上 35 人，人均 606 分，全部达一本线。

高考也许是人生中一个重要的节点，但绝不是唯一的节点。战争，总会有失利者，我不会假惺惺地说十五班的每个人都是胜利者。总会有遗憾，总会有沮丧，可是路还很长，机会还很多。当然，高中三年下来，收获肯定是"主流"，虽然有的同学可能没有考上自己最理想的大学，但客观地说，我们报的大学在别人看来都是十分优秀的。更重要的是我们收获了友谊，有了强大的心理素质，有了强大的"逆商"，或者说"胆商"。

在大学里，如果成功者不思进取，暂时的失利者只要多付出一点努力，态度上多一分认真，可能高考时"平台"的差距会很快逆转。更何况，人生的幸福不一定非要靠高考。哥哥的一位好友，2003 年江苏高考时数学失利，本来能上 985 高校的他只上了二本院校。但他本科期间学习很努力，后来考上了人大，读完硕士并成功转博。爸爸一位同事的女儿，在三本院校学习公共事业管理，她发现了自己在社会工作方面的优势，现在在美国常春藤名校做大学生工作，不仅工资可观，更是如鱼得水，她十分享受自己的职业。

如果这一次与梦想失之交臂，那么你现在能做的就是在下一次机会来临之前，让自己变得强大。强大，不仅是指学习，更是指心理、身体、品格、形象、胆识等各方面的素质。再过几年，你会觉得高考是芝麻大的小事。先成人，再成才。

高考结束以后，我也看到了一些伤感的说说，怀念我们的母校。我很爱这个学校，她让我学到了太多！回首高中这三年，仿佛军训时的骄阳还在眼前，仿佛高考终场的铃声远在天边。不像影视剧中的昏天黑地、轰轰烈烈，也不像最初想象的单调乏味、波澜不惊。开始时觉得前路漫漫，回首时感叹时光荏苒。

三年，对于一个人的一生来说很短。但这三年，却是人生中最特别、最宝贵又最精彩的一段：有前所未有的挑战；有日日夜夜的拼搏；有起起伏伏时的笑容与泪水；有面对困难时的微笑与从容；更有朝夕相伴，携手走过一千多个日夜的同学们。

我能取得今天的成绩，首先得感谢学校的老师们。是老师，在一个个清晨与黄昏，不知疲倦地守护着大家，将渊博的知识毫无保留地传授给大家。老师不仅是指路人，也是与我们同行的伙伴。老师的谦虚更令我刮目相看，当毕业时有的同学因过去对老师的无端指责而愧疚时，老师却说："你们的批评也是我前进的动力，教学相长嘛。"我们会永远爱你们，亲爱的指路人，一日为师，终身为父。

我还应该庆幸，我有一个这么优秀的班级，有这么多的好同学。还记得元旦晚会上的歌声，运动会上矫健的身姿和高亢的助威声；还记得紫蓬山下的欢歌与扶持；还记得凤凰楼上的热闹与不舍；还记得高二起初对新班级的陌生；还记得后来以自己是十五班这个最优秀的集体中的一分子而骄傲。更忘不了那天，从看台上摔下，十多个男生将我抬上担架，穿过操场，他们中很多是素不相识的面孔；还记得后来班长的鼓励与陪伴，上救护车后同学们撒了我一身的零食和披在身上温暖的衣服。

当然，我最想感谢的还是我的父母，他们为我付出了太多太多。他们不操心我的学习，在生活上也让我完全没有后顾之忧。我的父母不会拿我跟别人家的孩子比较，从小到大从来没有打骂过我，对我都是以鼓励为主，可能唯一打击我的就是我的长相吧，主要是我妈说得比较多，她说这属于挫折教育。他们不会因为我的考试成绩而发火，如果我考得差，实际上他们是很在意的，但是他们不会表现出来，这让我很安心，他们更担心的是我心情不好。伟大的父母相当重要，我为拥有这样伟大的父母而感到骄傲。

尽管高中三年的时光令人怀念，但人注定是要往前走的，我们必须铭记过去，但不能拘泥于过去，更不能活在过去。我当然想回到高中再来一次，可我也想探索人生的未知。总之，奋斗吧，少年们！十五班仍然会是我们坚强的后盾！在我心目中，十五班就是"宇宙最牛班"！以后遇到了什么事，我还是会去那个班级群里吐槽的！套用某人的话：只要心有灵犀，即使分开，也能穿越时空，永远在一起么么哒！

高考后的这个暑假，可以说是人生唯一的最自由的暑假！在暑假里就可以规划人生了。嗯，很高大上吧?！不论男生女生，从现在开始就要对人生未来七至九年做出规划（不只是四年），确定职业方向（从商、从政、从学、从军、传媒等）。

平时没时间看课外书，现在时间多的是。对于我们文科生来说，多看看人文、社科类的书有利于培养文科素养。当然，有情趣的也可预习大学课程，主要是经济学和高数。还有英语非常重要，入学会有分级考试。所有大学大都有想出国交流和考托福的同学，出国读研要准备 GRE（美国研究生入学考试）。当然，现在就看这些知识有点早，毕竟大一、大二没有人愿意出去，不过肯定要先打基础，背背单词也不是坏事。

读万卷书，行万里路，暑假里还可以去旅游。机会不容错过，这个暑假跑得越远越好！

热爱电视剧、动漫游戏的，趁此暑假过把瘾，上了大学你可别指望能玩这些，尤其在一堆"学霸""战神"包围着的情况下。

电脑技术虽然在大学里会专门学，不过打字速度要靠自己练，打字速度将来很重要。

体育锻炼也要进行。各校测试的体育项目不同，比如清华比较"恐怖"，北大稍好点，男生要打太极拳，测 12 分钟跑（跑 12 分钟，满分 2400 米），球类也可以玩玩，趁着世界杯的热乎劲儿。

自己的兴趣爱好也可以拾起来了，会乐器、书法的要重操旧业。水平在那儿重拾是不难的，这些爱好对我们的帮助也是很大的，大学文娱活动很丰富。

度过了一个自由的暑假，我来到了北京大学，来到了这所我理想中的充满人文气息的大学。

我选择的专业是政治、经济与哲学，简称 PPE。这个专业是北京大学元培学院牵手政府管理学院、中国经济研究中心和哲学系联合设立的新型复合专业，目标是培养素质高、学识宽阔、基础扎实、适应力强的领导型人才，并为相关学科输送高质量的研究生人才。

大学里，我们仍然是学生，本职工作仍然是学习。大学里的学术气息很浓，但学习方式与高中不同。大学课程不讲究死记硬背，没有人指挥你去看什么书、做什么题，全要靠自己去找资料、自己分析，很多时间会在图书馆度过。其实，在某种程度上大学才是真正的学习，更强调自主！文科类难度不会太大，除了经济学的数学方面要大量训练，但必须充实自己，腹有诗书气自华。最好有录音笔，尽量多听讲座，比较推荐辅修双学位，文、政、史、经、哲毕竟都是相通的，说不定你学的知识什么时候就能意想不到地用上。

和高中不一样，元培学院没有班级这个说法。因为大家上的课都不一样，即使是一个专业方向的，上的课也不一样。我们可选的课太多了，基本上学校开的所有课都是自己选的。其实我要是选物理也可以，理科生选中文也是允许的。

当然，大学里面也有学生比较重视什么学分、绩点，那就可以去选那些给分特别高的课。但是，其实大部分过来人都会对你说，最后成绩对你的影响并不是很大。我觉得大学还是过得开心点，成绩固然很重要，但是最重要的是自己的生活应该丰富一些，不要荒废了青春。

大学和高中不一样，很多事情要自己作抉择。高中就是你很单纯地只要学习就行了，大学就不一样了，从生活中的很多小事到一些大的决定，都要你自己做出选择。大学期间课外学习很重要，上课是很小的一个比例，只是给你引导和方向。对于我们文科生来说，大学最重要的任务就是读书，这个书指的是经典的书。因为工作经验、工作技巧在工作中都能学，很快都会熟悉，没有必要在大学里学一些技术，但很多书可能以后你就不会静下心来去读了。

经典的书就要一遍一遍地读，包括历史学、伦理学的一些书籍。可能之前读只是看看热闹，到大学以后你再读，你就会读出另外一层意思。现在，我看的书可能比较枯燥一点，主要是偏向学术类的书。

哲学也很重要，它给你提供了一套如何理解这个世界的方法。学习哲学就要和历史上伟大的哲学家，比如苏格拉底、柏拉图、孔子、孟子这些人，不是说比高，我们比不过他们，而是要去看看他们，看看他们大概有多高，然后尽量地使自己的境界也提高一些。

至于动漫和电视剧，我看的则比较少。动漫也就是最近才开始看的，也是没办法，让大家带动的。我个人对影视剧这方面不是很感兴趣，可能老师推荐的我会看一下。

当然这就是个人兴趣问题，没有什么好坏之分。

网络游戏我一般不玩。大学里面可能经常看到有人玩，看看也都会了，但是我觉得还是不要玩，这东西确实跟吸毒一样，沾了以后就很难摆脱的。学习不是被动地去接受灌输给你的东西，最主要的是专注，要学会思考，自己去分析去批判，可能我们现在年纪还比较小，思想并不成熟，但你不能放弃这种思维。这是一种权利，运用自己理性的权利。

在生活方面，大学内部及周边环境很方便，尤其是对于在高中住过校的学生来说。如果校园太大，恐怕要骑自行车，勤快地跑着去上课也成。

大学里的活动很丰富。首先是社团，比如北大开学后周末就有招新"百团大战"。很多人会觉得新鲜报一大堆，最后都荒废了。我个人认为报两三个最适合自己的即可，锻炼能力。社团开展活动基本上也就是大一大二，不报可惜。

除了社团活动以外，大学里还有各种比赛，如"挑战杯""希望之星"，还有校内各院之间的比赛。这些也可以根据自己的实际情况有选择性地参加。

至于学生工作，如学生会、团委、楼委会等，参加一下也很不错。毕竟大学是个小社会，要多和人打交道。社会实践活动，也可以积极参与。

关于勤工俭学，校内校外皆可。个人觉得工作不能作为"主流"，以锻炼能力而非赚钱为目的。

在人际交往方面。除了所谓的"朋友资源"，结识更多优秀的人提高自己以外，和人打交道也是步入社会的重要技能，与周围人搞好关系也减小了自身发展的阻力。能够与自己出身、地域、性格不同的人处好关系，也是一门学问。

总之，切记不可浮躁，要踏踏实实找点事做。

大学我也只是刚刚开始，在生活上，可能基本已经适应了，但是学习节奏这方面还是要慢慢适应。我还是希望自己的大学生活充实一点，能多读读书，多多思考，最好是能有一些感悟。如果说别的方面，成绩也好，恋爱也好，这些东西都顺其自然，我也没有想得太多。

这半年来，不得不说是人生的巨大转变：走向独立。不仅仅是时间和空间上脱离父母和熟悉的家乡，更是独立思维、独立言行形成的时期。北大作为自由开放、各种思想汇聚交融之地，对生活中遇到的诸多意见和立场冷静对待、处变不惊，可以说是"生存的基本技能之一"。

我这个人看事物通常比较乐观，虽然半年来心塞的事情不少，毕竟大学有很多需要自己抉择、自己负责的事情，遇到很多自己能力范围内没法改变的事情只有忍耐和接受。但不管怎么说，这都是一种磨炼吧，希望这些锻炼能让自己看得更开一点！

其实，这学期中很多时候我想把自己的烦恼写下来。但因为"忙"而没有这么做。而"忙"也冲去了那些"烦恼"，现在大都想不起来了，即使想起来也会觉得很好笑：这有什么大不了。"知道自己要什么"与"一步步扎扎实实去做"之间还是有不少距离的。有些时候我也看人不爽，觉得谁很"奇葩"，格格不入，没法沟通啊！可是，转念一想，自己心胸狭隘、计较、自私，居然因为自己的感受就在心里指责别人，这和自己所厌恶的人又有何区别呢？我又有何资格指责别人呢？只是徒增烦恼罢了！人不先认清自己丑恶的一面，恐怕难以进步吧。

人们总是主观而固执的，尤其是我们这种自以为了不起的读书人，觉得自己高人一等，知道的比别人多，"好为人师"，凭什么呢？正如老师所告诫的，看书时一定要抛却自己固有的观念，从作者自身的角度进行思考，同时要去和别人讨论，不然读任何书，读出来还是自己的观点。和人争吵也是一样，不去倾听别人的立场和思想，只是把自己的种种理由搬出来，越讲越委屈，对己对人都没有好处。当然，说起来轻松，实际上人的感性远比我们想象的强大。可是，情绪很多时候还是必须要好好控制的。

大学里，我还是继续参加模拟联合国活动，寒假的时候还去美国哈佛大学参加了一次会议。高三那一年，我没有参加"模联"，这次终于重新体会到了"模联"的精神：开放、包容、脚踏实地、仰望星空、寓教于乐、合作共赢。

美国作为大国，并且是移民的大国，那几天我亲身经历和感受到：虽然美国人确实有一点排外情绪，但并不普遍。美国人"爱国爱得贪婪"，此言不虚。边检时美国警察确实神经较为紧张，搜查、询问非常烦琐，我就因为走得有点慢、东张西望，分别被三个警官拦住问了三遍和过关时基本相同的问题，不知是工作负责、安全威胁问题较为严重，还是确有歧视。

不过进入美国国内则不同，我从来没有感受到自己受到比美国人糟糕的待遇，虽然他们并不会完全认同我们。最令我印象深刻的是，大部分美国人很愿意和陌生人搭话，即使只是同乘电梯也会热情地打招呼聊上几句。服务行业人员服务体贴到位，比较大方，出租车司机会主动和你聊天，介绍波士顿的历史，比如从哈佛回来打车，司机就说他非常喜欢成龙大叔以及中国武术。

美国人整体还是比较友善的，如果有些小的请求一般都会爽快答应，而且比较注意细节，工作则更加认真。当然，据领队的学姐说，要让他们帮你干些麻烦点的事，他们就不大情愿了。

　　"模联"会议的第一天，和我握过手交谈过的人，来自世界各地，跨亚、非、美、欧。握手是全球共同的表示友好的语言，而各国大学生齐聚一堂的目的，则是共同探讨、思考那些棘手的国际国内问题，最终通过那份关于医疗科技的决议草案。它的起草国有中、俄这些大国，也有卢森堡这样的小国；有美国、德国这样的发达国家，也有阿塞拜疆、老挝、博茨瓦纳这些发展中国家。而扮演这些国家代表的人，合起来可以说十几种不同的语言。这是多么令人骄傲的一件事。会场之外，尽管由于身体原因不敢过多参与活动，但从各代表的言语中，可以看出深夜舞会的确令人难忘。青春的张力正体现于此，正所谓"静如处子，动如脱兔"。赶上情人节，有不少玫瑰花传递的确实是"跨越大洋的爱情"。

　　"模联"大会，总是少不了辩论甚至是争执，尤其是前不久网上争议较多的那次大会，哈佛"模联"将台湾列为国家，从而引发了一系列事件。首先，这次在哈佛大学召开的"模联"大会与HNMUN（哈佛大学全美模拟联合国大会）关系不大，组委会成员完全不同，可能是中学生会议。当时中国领队则为大学生。事件起因是会议手册中"参会代表来自的国家（country）"中列入了"Taiwan"。美国人可能没有像我们这样强化"一个中国"观念的教育，"country"后面没有加"and region（地区）"有可能是忘记了,但无论如何,是组委会有错在先。如果组委会确实是有意为之,那就更应受到强烈谴责。

中国代表明确提出反对,这是完全正确、必须进行的。我方要求哈佛"模联"公开道歉并重印手册,但是对于组委会来说,他们一样只是学生,出于各种主客观原因,慌了手脚,勉强提出修改。在这种情况下,中国代表步步紧逼,坚决诉求。组委会为了排除"干扰",最终将中方驱逐。

很明显,哈佛"模联"处理不当、行为过激、激化矛盾,需要指责。对于中国领队,我们应该赞赏他们的爱国意识和勇气。但作为学生,我认为应该这样想:如果提出诉求时更有礼貌,而不是针锋相对,上来就划分了敌我关系,也许结果会更好。

学生不是武者,知识和言辞不应被当作武器。在这个和平与发展为主题的世界,中美关系虽不断博弈,但民间交往频繁、总体向好,中国学生更应该展示作为"负责任大国"儒雅、彬彬有礼、谦谦君子的一面,遇事有理有节地周旋博弈,在他国更要展示尊重而非威胁。"模联"本来就是角色扮演,借助智慧进行游说与谈判,即"说话的艺术"。对于非母语的代表国来说,实属不易,但是态度还是应该摆出来的:目的不是挑事,只是捍卫尊严。

之前某歌手去世时,网络上也发生了激烈的争论。有人抱怨"被刷了三波屏",第一波是哀悼歌手、痛斥记者;第二波是记者及支持者回击、辩解;第三波是"烦死人了你们都别吵了,和你们有什么关系?影响我看好友的动态了"。在这三波刷屏中,我最反对的是第三波。虽然人的去世这样的悲伤事件被作为谈资和展现自己"学识思想"的载体很让人不舒服,但这种争论正说明了中国人目前在思想上的进步,至少人们学会了独立分析、思考,并进行争论、阐发自己的观点,这是思想力增强的好势头。

但是,争论是有前提的,观点不以事实为依据,不以逻辑为保障,则不能成立。网络争论应该鼓励,网络正为自由言论提供良好的条件,但是诬陷、信口雌黄、咒骂等则不应被允许。同时,如果争论演化成简单的"撕逼大战",就不再有任何意义。

争论不该拿出"语言武器"相互伤害,而应该相互促进、相互提高。在争论中,最重要的就是倾听他人的意见,试着"换位思考"。辩论中人容易失去理智,就如"酒后吐真言",越激烈的辩论越能看出人的真实想法。而只有了解对方的真实想法,才能学会多角度地思考,在日后更好地解决问题,减少冲突的发生。网络给予人们充分的反应时间,冷静下来,仔细分析、倾听他人以充实自己,慢慢学会做到"儒雅",平心静气讨论,这是任何人都能做到的,无关教育水平。所以,别再以"素质低"为借口,破口大骂，污染网络环境。

以上是我这半年间学到、感悟到的一些东西，希望在未来能将其一一付诸实践。我知道前路艰难，自己还不成熟，但我必定努力。

说到未来，我们这个专业，未来能做学术研究自然是最好的，比如做一些课题啊，参加类似"挑战杯"这样的比赛。是啊，每一天对自己来说都是新的挑战。

只要我们每天都能享受到明媚的阳光，难道不应该为了自己的梦想全力以赴地拼搏吗？总之，我不会辜负别人对我的期待，也不会辜负自己的青春！

"清华，我来啦！"
——李一凡自述篇

那是 1996 年的一个大雪纷飞的日子，我终于赶在这一年还有七个多小时就要结束的时候，来到了这个蔚蓝色的星球。

还好，我是人，不是雪花。如果是一片雪花，降临到这个星球不过几天，甚至几秒便会融化，而作为一个人，我起码还有几十年的时间能在这个星球上度过。

我好奇地看着这个世界，这个世界也好奇地看着我。

我出生于安徽省滁州市定远县，我的父母赋予我人生当中的第一个代号，叫作"李一凡"，也就是我的姓名。父母之所以给我起这个名字，是希望我快快乐乐地成长，做一个平凡的人就好。但是事与愿违，我注定要做一个不平凡的人。

两岁时，我们搬家到了合肥，妈妈在银行上班，爸爸在一所九年制义务教育的学校里当老师。到了上幼儿园的年龄，父母没有把我送到什么双语幼儿园之类的特色幼儿园，也就只是图着方便、离家近，把我送到了一所厂里的公办幼儿园。

当然，我不是说幼儿园对孩子不重要，俗话说"近朱者赤，近墨者黑"，幼儿园肯定对孩子有很大的影响。但是我觉得不是学费越贵的幼儿园就越好，还是要适合自己的才好。如果刻意为了追求所谓的贵族幼儿园而每天跑得很远，长期下来肯定会出现很多麻烦。这样的话，反倒不如选择一所近一点、条件也还不错的幼儿园。

小时候，我比较调皮好玩，真是把"熊孩子"这个词的内涵阐释得淋漓尽致，我的这种"皮"的特性甚至一直延续到现在。

那时候，每天上午的课间餐时间，老师都会给我们发饼干。可是那区区几块饼干哪能过瘾？有一天中午，等同学们都回去睡觉了，我就偷偷跑到教室里装饼干的柜子前，捏出一块饼干。我真怀疑自己是不是世界上最年轻的小偷。我刚把饼干塞在嘴里，"咔嚓"一咬，哪知就在这时老师杀了个回马枪，当场把我抓住，人赃俱获。于是，下场你懂的，我第二天中午的饼干就被老师"扣押"了。

还有一次，趁老师不注意，我竟然一个人从幼儿园里溜了出来，然后一路狂奔，跨越汽车、自行车、行人等多种障碍，最终回到家里。我真怀疑自己是不是世界上最年轻的长跑运动员。一敲门，父母开门，平视前方，发现没人啊。我喊了声"爸爸、妈妈"，他们才低下头来，发现是我从幼儿园里跑了回来，顿时吓得半死。当然了，我的下场也很惨，被爸爸、妈妈狠狠地教训了一顿。

幼儿园阶段，老师也会经常带我们做操、做游戏什么的，还会搞一些演出活动，这时候就更是表现自我的大好时机了。年纪小嘛，不懂得什么是出丑，全当作是好玩了。

小时候，大概很多孩子都喜欢看花花绿绿的图画书，但是我不一样。我没事干的时候，有一个怪嗜好，就是喜欢翻商务印书馆出版的《新华字典》。有两个月，我一直在找字典里笔画三十以上的字，找到一个就要兴奋半天。我至今记得字典里笔画最多的字是"齉"，三十六画。我猜想这个字你八成没见过吧？可是我幼儿园时就知道了，它读"nàng"，表示鼻子不通气、发音不清的意思。

也许翻字典在当时只是不怎么起眼的举动，但是现在看来，真的是让我受益匪浅。首先，翻字典让我认识了许多汉字，包括它的字形和读音，这一点在日后的学习，尤其是在高中的语文学习中尤为重要。因为高考的语文试卷上有修改错别字和辨析词语注音的题型，这听起来很简单，实际上却让很多学生头疼。做这种题，其实靠的就是长期积累，如果从小就养成了翻字典的习惯，到时候应付起来就轻松多了。

字典上还有很多例句，小时候多翻字典，多读读这些例句，可以培养一种学习语言的感觉。另外我们知道，《新华字典》的开本很小，要经常翻页，我觉得在翻页的时候，手指感受那种纸张的质感，在小时候也可以潜移默化地培养一种对书籍的喜爱。

有一些家长，孩子一出生就给他准备五花八门的早教，可是我在幼儿园时期只有"玩"这个概念。上面说的翻字典，在我眼里也是玩。当然，我这里也不是说早教不重要。我只是觉得那种硬性的早教意义不大，遵循孩子的兴趣，在学中玩、玩中学，这才是最有意义的。

我爸爸喜欢下象棋，经常在家里摆棋盘，研究棋谱。那时候，我没事时也喜欢趴在旁边观看，于是爸爸就拿着棋子教我认上面的字，还告诉我楚河汉界的故事。等我认清了棋子，爸爸就开始教我走棋，然后与他对弈。一开始爸爸会让我车、马、炮，而且还准许我悔棋，后来除了跟爸爸学习以外，我也喜欢自己抱着一本象棋教材独自琢磨。我觉得下棋很有意思，而且很具有挑战性，很合我的口味。

除了与爸爸下象棋以外，我还经常到爸爸的学校玩电脑。因为我爸爸是计算机老师，所以我就近水楼台先得月，提前接触到了电脑。那个时候电脑远不像现在这么普及，同龄人能在幼儿园阶段就接触到电脑的应该不多。所以，我当时面对电脑这个新鲜玩意也就显得很兴奋，一接触电脑就如痴如醉。

用电脑干吗呢？学英语单词？那是不可能的。对孩子来说，用电脑当然是玩游戏了。我幼儿园那会儿，由于时代的原因，玩的只是电脑自带的那种非常简单的游戏，比如说纸牌。从纸牌开始，我便一入游戏深似海。不过你别说，纸牌上既有阿拉伯数字，又有英语字母，所以玩纸牌还真的既像做数学题，又像是在背英语单词。

就这样，我在纸牌的陪伴中，进入到了小学……

因为我爸爸在一所市属中小学上班，所以我也就选择在那所学校读小学，于 2002 年秋季入学。我是 1996 年底出生的，按理说应该再等一年，但大概是因为我天资聪颖吧（自恋地开句玩笑），我还是跟着上半年出生的孩子一起上学了。

那时候，我虽然年纪小，却喜欢跟高年级的同学玩。记得一年级时经常同二年级和三年级的学生一起玩儿，虽然听不懂他们在讲什么，但是感觉好像很厉害的样子。

既然被称为"尖子生"，你一定以为我在学校里经常包揽各种第一吧？如果是这样，那你就错了。我小学一年级第一次期末考试考了全区第一，之后就再也没有拿过第一名，直到小学毕业。

一年级时，起初我也没怎么好好学习，有几天几乎每天都不写作业，第二天早起赶到爸爸的办公室去写。连续几天以后，爸爸终于忍无可忍，把我揍了一顿，之后我便再也不敢不写作业了。当然，仅限于学校作业。

现在看来，学校老师布置的作业还是应该认真地完成，尤其是在小学和初中学习压力不是太大的阶段。做作业不仅是完成任务，也是一种复习。至于课外辅导书，这个就根据个人情况吧！对我来说，小的时候认真完成老师布置的作业就足够了。

除了做作业，上课认真听讲肯定也是很重要的。为了鼓励我上课多回答问题，爸妈给我制定了一个零花钱机制，即上课回答一次问题加一分，一分可以兑换成一角钱让爸妈给我买课外书。但由于是我自己计分，不受监督，容易作假，于是半年后爸妈索性就不看我记的分了，只要我的要求不过分，便会直接把书买给我，毕竟看书是一件好事。

　　我那时买的书，主要是根据自己的兴趣来选择，家长并没有过多干预。我当时很喜欢看李志伟的童话、鸡皮疙瘩系列小说，还有一些漫画书，比如《米老鼠》《加菲猫》什么的。大概是因为米老鼠和加菲猫和我一样，都是捣蛋鬼吧？！

　　至于经典名著，我觉得是非借不读，想看的时候就去学校图书馆借阅，比如四大名著、高尔基的自传体小说三部曲等。小学的时候，四大名著我看的都是原版的，因为青少版太过简单，删去了很多内容，《三国演义》看一遍下来我都不认识鲁肃。但是说实话，如果现在问我当时看这些书有何感想，我还真回答不上来，因为已经忘光了。

　　不论是流行读物还是经典读物，我觉得都有各自的价值，开卷有益嘛。阅读童话书和漫画书可以帮助我们放松心情，刺激我们的想象力，更符合孩子的天性。阅读经典名著可以增加我们的文学素养，让我们体会文化的力量。我觉得看书就像吃饭一样，不要挑食，只要是健康有益的读物，不管是通俗的还是严肃的，都可以读一读，搭配着读。

　　除了课内学习以外，很多家长都喜欢送孩子去各种各样的课外补习班。说到课外补习，我也上过，但基本上只上过一门。我一年级的时候开始学习剑桥少儿英语，一直上到四年级。因为学校里的英语课是从三年级开始开设的，所以我比没上课外英语班的孩子学习英语早了两年。当然，由于年幼贪玩，我的学习态度极不认真，几乎没写过老师布置的作业。有一次，我还把爆竹带到班上，课间的时候在花园里放，正好被路过的老师发现了。老师指责我，问我来学校是来学习的还是来放炮的？我还理直气壮地和老师顶嘴，说上课当然是学习的，下课为什么不能放炮？我这番话倒是把老师气得干瞪眼，一时说不出话来，不过放学以后老师又把我叫到办公室训了很长时间。

虽然如此，我在英语班的学习依然有所收获，毕竟上课时老师教学和同学回答问题都是用英语，在那个环境里面，我也潜移默化地积累了一些英语素养，最主要的是培养了一种学习英语的语感。语感对于英语考试来说相当重要，有时它是说不清楚的，但往往就是这种能力使我们在考试中能够解决一些棘手的问题。

为什么我们汉语说得好？还不是因为我们一出生听到的就是汉语，看到的也是汉字，长期这么耳濡目染，再怎么也都学会了。我曾经看过一篇文章，说某个孩子到几岁时连"爸爸、妈妈"都不会叫，经过听力、智力等各个方面的详细检查，并没有发现异常，最后被确认为儿童语言发育迟缓。经过仔细追究，原来这和他的家庭语言环境有关。孩子的父母和保姆，一人一种方言，家庭语言环境过于复杂，孩子相当于同时学习几门语言，当然就被搞蒙了。

和所有的语言一样，英语运用的最高境界就是听说读写样样精通。我们很多同学在学英语的时候往往只是做题，而没有想到在一个单位时间里面，其实可以五官并用，全面训练自己听说读写的能力，这样就可以提高自己学习英语的效率。

做题固然重要，但朗读也是很重要的。在读的过程中，我们既训练了听力和口语表达能力，也提高了阅读水平，更重要的是培养了对英语的语感。朗读的材料也不一定局限于课文，还可以读一些英文杂志、英文报纸等，比如很多学校都会订阅的《21世纪报》。这些课外英语读物上会有一些生词，尽管平常的课堂上遇不到，但是在做完形填空和阅读理解题时很有可能遇到（当然，我指的是中学考试）。所以我们遇到生词的时候，就可以翻一翻词典，增加一些知识积累。

除了自己读，我们还可以创设情景，与同学对话，加强交际训练。语言的运用离不开场景的强化训练，要敢于开口说英语，不要怕说错，只有交际，才能学好。在交际的过程中，要熟记常用语，熟能生巧，从而建立起对英语声音、形象的条件反射能力。

英语的学习应该在平常的生活中见缝插针，仅仅利用课堂上的时间是不够的，需要在课后投入时间以巩固和完善。另外，英语学习的方法也要灵活多样，一种方式学厌了，可以变换其他的方式，从而达到学而不厌的境界。除了刚刚说的那些方法以外，我们还可以听听英文广播和英语歌曲、看看英语电影等等。总之，找到自己喜爱的方式，坚持下去，一定能有所收获。

在英语班的学习使我小学阶段的英语成绩一直不错，并且使我从此相信额外努力的力量。当然，我小学里基本上也就上了英语这一门课的补习课，其他的功课还是以学校学习为主。所以我也建立了主副任务的思维模式，即学校学习是主攻方向，补习班作为补充。

二年级时，我搬了一次家，认识了两个一直玩到现在的朋友。

三年级时我家又搬了一次，然后一直住到现在。那时爸妈觉得我年级高了，应该要定一些学习规矩了，就要求我周日到周四晚八点钟之前学习功课、不得玩耍；八点到九点之间允许采取一些有利于开发智力的娱乐方式，如下棋、看课外书等；九点上床睡觉。至于玩电脑，父母只允许我周五晚上和双休日玩，并且每天不得超过一个小时，后来增至两个小时并延续至高中。现在想想，对比电脑刚买回来就拼命玩儿，最后导致成绩下降被父母强行断电的朋友，我相信只要按规矩办事就能获得长久的好处。

　　说到玩电脑，又不得不提那些年我们一起玩的电脑游戏。

　　小学阶段，我最初玩的游戏是《红色警戒》。这是一款堪称经典的即时战略游戏，相信广大游戏玩家一定不会陌生。同其他即时战略游戏一样，"红警"主要也就是采集资源、升级建筑和造兵攻打等。但"红警"的背景独具匠心地设定在二战时期，既有一定的历史真实感，又融入了开发者大量的想象。

　　后来网络游戏兴起，我又玩起了《泡泡堂》。在这款游戏中，玩家主要是通过放置泡泡炸弹来炸死敌人，看似操作简单，但技巧性很强，而且充满趣味性。《泡泡堂》当时风靡了好一阵子，以至于网上很快也推出了山寨版的《QQ堂》。玩《泡泡堂》这样的游戏，大概也能够锻炼人的反应能力吧。

　　一次偶然的机会，我接触到了《星际家园》。这款游戏和《红色警戒》一样都属于战争类游戏，不过"红警"是以过去的历史为背景，而"星际"说的却是未来，而且"红警"是单机游戏，"星际"为网络游戏。《星际家园》的时间设定在公元2105年。游戏中说，那时候，世界上的两大组织"地球联邦"和"帝国舰队"都意图开发宇宙资源，但由于意识形态的差异，双方时有摩擦，最后他们发现了外星人，甚至在其他星球上建立了自己的基地。玩家就是

"清华，我来啦！"
——李一凡自述篇

要扮演两大阵营中的一方，一边应付对手的进攻，一边建设自己的家园。在这款游戏里，玩家不仅能够感受到新奇刺激的星空战斗，还能够享受到如真实世界一般的朋友、家庭、社会的生活氛围。正因为如此，我在这个充满友爱的"星际家园"里一直生活了五年。

关于电脑游戏，我知道这是很多家长都很头疼的问题。我觉得对于学生玩电脑游戏的行为，不能简单地肯定或者否定。首先我们得看到，二十一世纪是一个科技时代，人们的生活水平不断提高，电脑已经成为生活中不可缺少的一部分。爱玩是孩子的天性，孩子很容易被新鲜有趣的电脑游戏所吸引。适当地玩健康的电脑游戏，可以缓解紧张情绪，充实课余生活，可以锻炼反应能力、开发智力，同时学习蕴含在游戏里的一些知识。比如我玩《红色警戒》，就学到了许多关于"二战"的历史知识；玩《泡泡堂》，锻炼了我的反应能力；玩《星际家园》，刺激了我的想象力，让我学到了一些科学方面的知识。

当然，如果过度沉迷游戏，后果也是很严重的。一旦玩游戏上瘾，学生往往在上课的时候会"身在曹营心在汉"，表面上是坐在教室里认真听课，可心早就飞到游戏世界里去了。更有严重者，为了玩游戏而花去大量的金钱，甚至走上违法犯罪的道路。

说到底，玩游戏有益还是有害，还是一个度的问题。

要玩游戏，你就玩健康的游戏，就得严格控制自己。如果自己的自控能力实在很差，那最好还是少接触游戏，多做一些更有意义的事情吧。

四年级的时候，好像是我记忆中的黑暗时期。有段时间，我天天下午放学不写作业就跑出去玩，晚上还向父母谎称作业写完了。等家人都睡着了，我半夜三点再爬起来补作业，而且还学着游戏《刺客信条》中的男主角，悄悄地从家长钱包里偷钱。偷到钱了，第二天我就会去学校门口的小店玩抽奖游戏，一角钱抽一次，抽中了的话就可以得到卡片等小礼物。

有天晚上，父母都睡了，我悄悄地在房间里补作业。恰好我爸爸起来上厕所，朝我房间这边瞄了一眼，发现隐隐约约有亮光，便好奇地走了进来。看到我竟然正打着哈欠趴在桌子上写作业，他便走到我旁边，假装和善地说："小凡，最近学习这么用功啊？半夜三更还在用心学习啊？！别写了，快睡觉吧！"我知道爸爸一定明白了是怎么一回事，是在故意讽刺我，因为我平常很少会写课外作业。我没有抵抗，立即抱头投降，还信誓旦旦地保证下次不会再这样了，终于取得了父母的原谅。

可是在这之后，我还是禁不住诱惑又犯了两次。最后一次父母格外生气，警告我"事不过三"，我也知趣，之后再没有犯过。确实，半夜补作业绝对不是一个好主意，不仅前一天的作业没法保证质量，还会影响第二天的学习状态，尤其是对自制力薄弱的同学来说。与其这样，不如放学回家就抓紧把作业写完，然后再出去痛痛快快地玩。至于零花钱，也还是不要用偷的方法，合理的需求家长一般都会满足的。

四年级结束时，《剑桥少儿英语》我就学完了。到五年级，爸爸又开始强迫我学习《新概念英语》，不过没有送我去培训班，而只是让我在电脑上自学。每天晚上完成学校布置的作业以后，我就得学半小时的英语。英语学完后，我可以自由地上网十分钟，这种习惯一直持续到高二。也正是这个时候，我接触到了百度贴吧这个风水宝地，从此一入贴吧深似海，再无节操。

百度贴吧，号称"全球最大的中文社区"。用官方的话来说，贴吧的使命是让志同道合的人相聚，依靠搜索引擎关键词，不论是大众话题还是小众话题，都能精准地聚集大批同好网友，给网友提供一个交流话题、展示自我、结交知音的互动平台。

当时的贴吧还没有太过商业化，交流的气氛更浓一些。看到我感兴趣的帖子，我都会热心地去跟帖。我自己发的帖子，也会有许多吧友进来讨论。如果我发的帖子被吧主加精了，我还会高兴半天。对于一个凝聚力很强的贴吧来说，吧友就像一家人一样相亲相爱，当然，偶尔也会发生一些冲突和摩擦。贴吧就像是一个小社会，由于网络的虚拟性，大家更容易把自己最真实的一面展现出来。所以在贴吧里，实际上也可以让人学会如何与形形色色的人打交道。

那时候，我最爱逛的是《星际争霸》贴吧。《星际争霸》是我在《星际家园》之后接触到的一款游戏。两款游戏的名字比较像，但前者强调"争霸"，后者强调"家园"。《星际争霸》是一款典型的即时战略游戏，也是PC平台上销量最高的游戏之一。游戏讲述了二十六世纪初期，位于银河系中心的三个种族，即地球人的后裔人族、一种进化迅速的生物群体虫族、一支高度文明并具有心灵力量的远古种族神族，在克普鲁星际空间中争夺霸权的故事。当时我经常在《星际争霸》贴吧里与吧友交流游戏的操作技巧。我格外钟爱神族，因为这是纯精神的理性的种族，而且我觉得神族的泽拉图特别帅。

那段时间，小区里开始流行滑旱冰。看着大大小小的孩子们穿着五颜六色的旱冰鞋，在广场上旋转、奔驰，我很是羡慕。于是，我嚷着让妈妈也帮我买了溜冰鞋、头盔、护腕等装备，全副武装开始学习滑旱冰。

一开始，我一穿上旱冰鞋身子就歪歪倒倒的，根本站不稳，只好让同学扶着我，慢慢地走，找一些感觉。我仔细地观察着广场上滑旱冰的那些人，只见他们身体向前倾斜，手臂很自然地左右摆动，双腿微张并随着左右手的节奏交替向前迈步。过了一段时间，经过模仿与训练，我总算掌握了平衡，正式加入了溜冰大军的队伍。

小区里的滑旱冰流行了大约一年，到六年级时，风潮逐渐退去，但是我却仍然坚持这项运动，并且成立了银河系旱冰鞋协会太阳系地球亚洲中国安徽省合肥市××区××小区分会。该分会成员共三人，我担任会长，我的两个小伙伴担任副会长。之后，我们坚持滑旱冰直到初三。通过滑旱冰，不仅锻炼了我的身体协调性，也磨炼了我的意志。从此以后，我对任何爱好都坚持至少三年。

记得 2006 年暑假，我还参加了一次市级象棋比赛。在晋级八强的最后一场比赛中，只要和棋，我便能顺利晋级。不过那场对弈可谓棋逢对手、将遇良才，杀了半天，局面却日益焦灼。就在这时，对方提出和棋，我心中窃喜，因为只要答应他，自己就能晋级了。可是，我又觉得不甘心，认为这么做的话面子上不太好看。犹豫了一会儿，我还是拒绝了他，下定决心要战胜他。没想到的是，最后我一不小心，车竟然被他的马偷吃了，很快便败下阵来，输掉了比赛。

相信每个喜爱下棋的人都曾有过像我这样的痛彻体验：在形势一片大好的情况下，只因错落一子，局势便急转直下。人生犹如下棋，一招不慎，也会满盘皆输。输掉了这次比赛，我追悔莫及，也进行了深刻的反思。从此以后，我做事学会盘算性价比，在没有把握的情况下，不盲目自信，而是稳妥起见，用最小的代价换取最好的结果。

五六年级的时候，总的来说，我学习相对比较认真。当然，也不是说特别用功，也就是改掉了几乎所有的恶习，上课专注一些，课后认真完成老师布置的作业，也基本上没有写过课外资料，很少有预习、复习之类的。因为在我看来，小学真的很简单，没有什么特殊的学习方法。甚至我觉得，小学时只要还想着学习，考一次 90 分比考满分还难。虽然这么说比较拉仇恨，但确实是实话实说。

那时候，我还喜欢在小区里捡塑料瓶以及到家旁边的打靶场捡子弹壳去垃圾回收站卖钱，然后买一些自己想要的东西，比如李志伟的童话、飞儿乐团的专辑和游戏点卡。爸妈从小就让我自己理财，每个月给我五块钱的零花钱，我平时也比较省，不乱吃乱喝，积攒起来的钱就买一些长期保存的东西。

虽然这时候我学习比较认真，考试也始终是年级第二名，就是考不到第一。直到小学毕业考试那一次，我终于考了第一名，不过好像还是并列的。

小学毕业以后，我正常升入本校初中部，那个一直压着我、小升初与我并列第一的同学却转到更好的学校去了。当时我还暗自窃喜，心想以后第一名非我莫属了，可是没料到，小学时的第三名却突然发力，成绩竟然反超我成了新晋第一名。而我每次考试顶多就是第二名，直到二模和中考时才翻身考了第一。

为什么我平常拿不到第一名呢？可能还是我有点贪玩吧！反正不是因为早恋，尽管当时好像有同学之间会有朦胧早恋的情况并且影响到了学习。我那时候学习仍然没有费多大劲，坚持每天晚上十点半之前睡觉。我一向认为夜战没有效果，提高上课时的效率才是王道。这个习惯延续至高中，所以导致高中时我都是寝室睡得最早的。

初一的时候，我也就是随便学学，以玩为主。我们年级共两个班，我考试经常排班级第二名，在年级排第二名或者第三名，最低一次是年级第五名。初一科目共有七门，分别是语文、数学、英语、生物、地理、思品、历史。其中，我的生物、地理成绩比较好，也就是说偏向理科的科目成绩比较好。

初二加入了物理这门课，我的成绩还算可以。由于中考时不考生物和地理，所以这时候的很多次考试，老师在排名时就不统计这两门课的成绩了。因为我生物、地理成绩较好，这样的话我就不占便宜了。这时候我才猛然发现，我的政治、历史成绩实在不怎么样，总是拖累我的排名。于是我开始补习政史这两门课，但是100分的卷子，我政治始终没上过90分，历史还考过一次69分（学校生涯最低分）。尽管初二我在政治、历史上面下了点功夫，但主要时间还是在玩。

初二快结束的时候有一个学业水平测试，俗称"会考"，送走了我亲爱的生物和地理。初三加入了化学这门课，面临中考的压力，我学习相对认真了一些，晚上上床时间从十点推迟到了十点半，不过主要的时间依旧是在玩。因为政治、历史是开卷考试，老师会统一要求我们订一些速查的资料。但我认为这是多此一举，一开始就没订，考试时就对着课本鬼扯，由于课本缺乏条理性，很多要点无法快速找到。结果老师把试卷发下来以后，我果然发现实在是惨不忍睹。于是为了弥补文科短板，我买了一份政史报纸，开始刷大量的题目，并在二模前买了一本开卷速查资料，发现效果拔群，政治、历史成绩突飞猛进。

由于我的考场心态比较好，大考时一般比较稳定，小学毕业考试那一次就比之前发挥得好。中考时也是这样，我的文综考了140分，没拖后腿，总分更是考到了全区第一，甩了一直压着我的那哥们23分，实在是大快人心。

有些人喜欢强调学习方法，其实我觉得在高中之前也没什么学习方法可言。高中之前我除了政史和英语在冲刺阶段做了点课外习题以外，平时几乎没写过课外资料。实际上，我爸妈四年级时给买过课外习题，我没写，然后爸妈便放弃了。我认为只要上课认真听讲，老师布置的作业认真完成、不抄袭，这就足够了。当然，这也要根据个人的实际情况来选择，如果你上课不认真听讲，或者上课时老师讲的东西一时无法理解，那课下可能就需要通过课外资料来弥补了。

至于课外补习，我也只学了前面提到的《新概念英语》。《新概念英语》从小学五年级开始，我就一直在网上自学。中间有一段时间有点敷衍，学英语时偷偷上网，不幸被爸爸发现，从此爸爸为了检查学习效果，会抽查我背诵课文和单词，检查合格后才能自由上网。

对我英语学习有帮助的，除了《新概念英语》以外，还有《星际争霸》这款游戏。我玩的是不支持中文的第一部，小学时主要是通过记图标凑合着玩。初中时，为求甚解，自学了游戏中的所有英文单词。从此，我养成了爱翻英语词典的习惯，词汇量大大增加，而且在英语作文中，各种"星际术语"泛滥，中二气息满满。

当时我在学习上还有个有趣的地方。大部分同学是平时学习不认真，考前临时抱佛脚，而我却正好相反，平时

学习相对来说比较认真，考试前后反而会玩得比较疯。经
考据，我可能是从这里产生了劳逸结合、提前努力提前玩
的思想。

那时候我都有哪些娱乐方式呢？除了玩电脑以外，最
重要的就是听音乐了。有一次爸爸送了我一个 MP3.5。好
吧，可能你听说过 MP3，也听说过 MP4，但 MP3.5 我不
知道你有没有听说过。什么是 MP3.5 呢？用专业的话说，
MP3.5 就是兼具 MP3 便携移动性能与 MP4 强大的视频播
放功能的小屏播放器，算是一款过渡产品。但是事实上，
我的这个 MP3.5 只能播放"smv"奇葩格式的视频。

当时这款 MP3.5 内置了飞儿乐团的专辑《F.I.R》里
的一支 MV，我一听，很大气、很振奋，没有某些流行歌
曲那种无病呻吟的感觉，听后整个人都神清气爽。我在网
上了解到，飞儿乐团是台湾的一支组合乐团，由主唱 Faye
（詹雯婷）、吉他手 REAL（黄汉青）、键盘手 IAN（陈建宁）
组成。三人成立乐团后，华纳唱片公司以三位团员英文名
首字母定名为"F.I.R"，又将其中文名字定为"飞儿乐
团"。他们的歌曲我是越听越喜欢，然后我就进入了百度飞
儿乐团贴吧，和吧友展开讨论，结识了不少同道中人。从
此中二，以小众自居，开始抵制某些流行歌手直到现在
（比如周某某、陈某某、许某某）。经考据，我可能是从这

里开始产生了拒绝平庸、与众不同的思想。

由于深受飞儿乐团的鼓舞，我决定要当一个文艺青年。我信心满满地参加了一次英语歌唱比赛，独特的嗓音让所有评委目瞪口呆，成功地获得初中组第一名（从后往前数的）。由于备受打击，从此告别文艺，走向二货。

初中之前，我一直自以为体育很渣，经常拒绝各种体育竞赛。初一时开运动会，我怀着忐忑的心情报名了 200 米和 400 米跑步比赛。由于那时候玩《星际争霸》入迷，我以神族的英雄泽拉图自居，在赛跑冲刺阶段大喊神族冲锋时的口号，仿佛获得了超级能量，健步如飞，竟然拿到了名次。之后我便不再自卑，从"东亚病夫"升级成了东亚强人，并且在中考体育中跑出了 1000 米全校第一的成绩。

除了跑步，我也开始尝试其他的运动方式，比如踢足球。有一次踢足球时，我从左路快速突破，被队友称赞，从此对足球产生浓厚的兴趣。

至于中考的体育测试，我的重视程度倒一般，也就是每天跟着学校的体育课训练。中考时我的长跑和跳绳都是满分，实心球得了 8 分（满分 10 分），这也算是很不错的成绩了。现在想一想，经常进行体育运动也是蛮重要的。如果没有健康的身体，经常生病，那也势必会影响学习。

有段时间，同学间开始流行玩"游戏王"。这是一种世

79

界上最畅销的集换式卡片游戏，用卡组进行决斗。我虽然也玩，但拒绝组成和别人一样的卡组，我组成了本小区第一套"永火卡组"，然后便同人民群众一起融入到了火热的"游戏王"对战中。经考据，我可能是从这里开始在与众不同之上产生了同中求异思想。因为如果完全和别人不一样，撒鼻息（日语，意思为孤单、寂寞）不是吗？

除此之外，我平时还经常跟某些同学混在一起自娱自乐，交友范围明显扩大，初二、初三成为小区孩子王一样的人物，还和当地的混混有过接触，自诩为站在光明和黑暗之间的人物。上高中之后，我觉得当初的自己就是个二货。

有段时间，我们甚至成立了一个叫"飞鸭道"的组织，因为我当时的外号叫鸭子。可悲的是，我当时不知道这个词是什么意思，竟然信了他们说的因为我做操像鸭子的鬼话。组织一天到晚也不知道在干什么，这也让我认识到了自己领导力的不足。经考据，这可能是我高中拒绝担任任何小组长以及班委的原因。

因为父亲在学校当老师，我不是很注意自己的言行，喜欢和老师开玩笑，还和老师吵过架，后来被父亲教育。有一次，我和某个喜欢的老师（男）开玩笑，在一张纸上写了他的外号，然后放在了讲台上。本以为他也只是会笑笑然后说我几句，没想到他却拿着证据去找家父，以此来胁迫我英语不得低于 140 分。他的做法让我大失所望，从此我看清了师生关系的不平等，坚信只要你还是某个老师的学生，就不可能存在平等的朋友关系。

初三的时候，我开始准备合肥一六八中学的自主招生考试。当时我也就是想尝试一下，反正也不会耽误什么，顺便提前体验一下中考的感觉。准备考试的阶段，我就是提前看看高中的教材，尤其是物理，最后考到了 310 分，超过了免费宏志生的分数线几十分，三年学费全免。

当然，后来我中考时的成绩也不错，直接凭中考的成绩也能上一六八学校。因为这是合肥市的顶尖高中，当时我认为能考上这个高中，大家肯定都是比我厉害的人。于是，为了入学考试不要考得太过难看，中考后的那个暑假，我自主预习了高中的课程。

开学之前要进行军训，由于种种原因，我被同学孤立，也让我初步认识了高中的残酷。那是一节室内课，教室里没有空调，闷热难耐，我们半趴在桌子上休息。这时年级主任从后门走了进来，没好气地说："都在搞什么啊？起来！都考上清华、北大了是吗？"听他的口气，我心里十分不爽，好像他自己有多厉害，我们都是没用的人一样。我当时就在暗暗想道："行，我就要考一个清华、北大，然后回来打你的脸。"

当时，我们一个年级有一千二三百人，高一上学期的入学考试，我居然拿到了全校第一名，尝到了甜头，从此坚持假期时预习下学期的内容。假期预习是为了开学后能更好地学习，具体一点，是能提前了解下学期的内容，让自己做到心中有数，做好下学期学习的计划和心理准备；能提高自己的自学能力，提前解决一些自己能够解决的问题，以便更好地听懂老师讲课，提高听课和做题的效率。从某种意义上说，其实这也是一种"耍赖"的方式，别人还在起跑线上，你就已经跑出一截了。

不过，虽然入学考试考到了第一，我却并不认为自己成绩很好。我认为这只是我初中的学习比较扎实，而且由于我提前预习了一点高中的内容，占了一点偷跑的便宜罢了。再加上我寝室还有一个数学大神，所以我还是比较自卑，并且害怕下一次考试，有的时候甚至希望下次永远都别考，这样就永远不会被人发现自己是"水货"。

高一的时候，我们一共有语文、数学、英语、物理、化学、生物、政治、历史、地理九门课，课程数量堪称史上之最。不过，由于我们学校一向是学理科的人数较多，而且我们这个班到高二时是作为理科班，所以老师教学时是以理科为主，文科只是顺带教一些最基本的东西。我一向比较擅长理科，所以将来铁定学理科。我们班学文科的同学高二要分到其他班，实际上只有寥寥几人，而且大部分是因为学理科比较吃力，当然也有根据自己的兴趣来选择的，比如黄韦达同学，他就非常热爱写作，经常在杂志上发表文章，现在已经出版了好几部作品。前一阵子我还去三孝口新华书店买了一本他的科幻小说《脑控手机》。

除了学校日常的功课外，当时还有一个学科竞赛。学科竞赛有数学、物理、计算机、化学、生物五门课，难度远大于高考，涉及一些大学内容。那时候我们国家的规定是，在学科竞赛中取得省级一等奖以上，可以获得保送或加分资格，所以很多同学，尤其是成绩比较好的同学，表现得比较踊跃（后来国家取消了保送资格，今年初好像把加分资格也取消了）。因为学科竞赛难度很大，别人大多是哪门成绩好报哪门，而我正好相反，认为哪门差才要报哪门来补。因为我入学考试时物理考了86分，相对较低，所以我就报了物理的学科竞赛。

虽然最后物理竞赛我只拿了省级二等奖，但是物理成绩却大大提高了（绝对不是因为上竞赛课的时候都在做高考题）。我一直认为课内学习是主任务，竞赛是副任务，副任务一定要为主任务服务。换句话说，如果你课内成绩足够好，上不上竞赛也不是很重要，但是千万不能因为忙竞赛而耽误了课内学习。

半学期过去了，在高一的期中考试中，我拿到了年级第四名，期末考试又拿到了第一名。经过几次考试，我才最终建立了信心，并开始相信一步领先，步步领先。高考完回学校开讲座，我最强调的就是这一点。

高一刚开始的时候，我认为老师都很负责，经常去问老师题目，只是偶尔被拒。直到有一天，我彻底转变了态度。那一次我去问物理题目，本班老师不在，但是竞赛教练在，于是兴冲冲地跑去问。结果老师很不耐烦地说："没时间！"我不明白老师为什么态度会这么差，就自言自语地嘀咕了一句："为什么？"老师拍桌子，勃然大怒："唉？我没时间还要跟你解释为什么吗？"

灰溜溜地回去之后，我对着那道题目苦思冥想了半个小时，终于解决了问题。从此以后，我便不再迷信老师，坚持有问题自己解决，即使找老师，也仅限于确实发现老师的错误，去让老师吃瘪。虽然有点偏激，但是结果是好的，这让我学会了独立思考和钻研。

因为相信自己与众不同（中二病），所以考试遇到自己不会做的题目时会自言自语："连你都做不出来，还有谁能做出来？"大概因为考场心态比较好吧，所以我大考时的发挥一直都比较令人满意。这也许是一种病态的自信吧。

高一的时候，学校举行了一次研学旅行活动。这个活动说是要提高我们的综合素质、开拓我们的眼界什么的，但我看也不过是为了完成教育局规定的任务，活动的重点不是研学的过程，而是回来后的作文和报告。也许有些同学通过研学旅行取得了什么收获吧，反正我是对这个活动没有太大的印象，只记得我拿着同学的电脑一直在找网络打《英雄联盟》。

后来高二的时候，学校又举行了一次类似的活动，做远途拉练。其实就是让我们从学校走到紫蓬山，爬上去，爬下来，再用车把我们接回来。我觉得当时自己还是萌萌哒，因为一路上都在和同学聊《英雄联盟》。

学校以往每个班级之间都是平行的，我们高一结束之后，学校认为如果把每个班的尖子生都掐出来集中到一个班里，便于分层教育，于是开始了文理科分层班的选拔工作，准备文科分一个分层班，理科分两个。反正我认为在哪个班不重要，只要自己努力，在哪儿都行；自己不努力，即使把考试答案发给你，你不背，也不行。

虽然从学习的角度说，分不分层我不是很在意，但是由于我在军训时人际交往不太顺畅，经过了一年的种种事件，好不容易在高一的班级里交到了一些朋友，自然是不想分到新的班级，面对陌生的同学，尽管那是所谓的分层班、重点班。

当时，我们是根据高一时的几次大考，按考试的规模来规定不同的权重，然后进行综合排名，确定哪些人能进入分层班。我们每个班的人数接近六十人，所以理科综合排名前一百二十名基本上都能分在分层教学班。以我的成绩，如果要留在原来的班级，即综合排名在年级一百二十名之后，必须要在最后一次考试中考到年级七百二十名以后，除非交白卷，这基本上是不可能的事情。所以，为了留在原来的班级，我当时全力反对学校进行分层教育，甚至还写了一封抗议信，最后石沉大海，在贴吧上发的帖也被吧务删除。

由于抗议失败，高二时我被毫无悬念地分到了所谓的理科分层教学班。果然，面对新集体，我在人际交往上再度遭遇挫折。为了逃避现实，我过度沉迷于游戏，导致高二上学期的期末考试第一次掉出了年级前十。然后，原来班级的同学向我透露，班主任拿我作为反面教材，在班上对他们说："你看看李一凡，现在都变成李平凡了。"以此来证明不管你原来成绩多好，只要不努力，照样会退步。

那次期末考试之后，我曾颤抖着给爸爸打电话："爸，这次没考好，班级第六，年级第十二。"

"没事，尽力了就行，你该玩就玩吧。"话筒里传来爸爸平淡的声音。

"你该玩就玩吧。"这六个字，要不是旁边站着同学，我一定会哭出来的。我的父亲，只是一个所谓的边缘学科的老师，但是他的信任和宽容，永远是我最坚强的情感后盾。我能取得不错的成绩，跟我爸妈的教育方式脱不开关系。平时爸妈会对我的学习进行监督，但是不论考好还是考差，他们既不会鼓励，也不会批评，不会给我太大的压力。

或许是知耻而后勇吧，高二年级下学期，我的成绩回到了之前的水平，年级排名入学第一名，期中第三名，期末第一名。这时，我又听到了原来那个班的班主任说："你看看人家李一凡，学习又好，还会编剧，还会跳舞，还会踢足球……"以此来证明成绩好的学生也可以多才多艺、全面发展。

都说"痛打落水狗"、"虎落平阳被犬欺"，那么问题就简单了，不落水，不落平阳不就得了？年级第一，以后我不会再交给任何人，就算一不小心丢了，那也是我的东西，下次考试我绝对会找回来。

有次双休日回家，我和小学二年级时交到的发小出去玩。他的成绩并不是拔尖的，但是他却认真地对我说："如果我去了你的高中，不考个清华、北大都对不起我自己。"

是啊！很多人虽然身在普通的中学，却都志向远大，而我在这所众人羡慕的高中里，如果不努力考一个清华、北大，不光对不起我自己，更对不起那么多等着我去"打脸"的人啊！

因为高二上学期的期末考试，我的排名是年级第十二

我是尖子生

名,导致我的年级综合排名从第一名掉到了第二名。高二结束时,学校有两个优秀中学生夏令营的名额,一个是北京大学,一个是清华大学。夏令营的要求是"综合素质优秀,学习成绩突出",但学校其实就是根据综合成绩排名来确定人选的。北大、清华当然都是非常优秀的学校,但是在我们这儿,理科生倾向清华的更多一些。因为第一名的那个同学选择去清华,而我是第二名,所以没有选择地去了北大。在别人看来能去北大做梦都得笑醒了,但是对于我,这是一次耻辱,我一定会把它找回来的。

北大夏令营开始的时间是高二暑假快要结束的时候。我们学校的报名表交得比较迟(截止日期前一个星期我才知道有这么回事,表是"压线"交出去的),而且寝室主要是按省份分的,来自安徽的男生一共有九个,一个寝室有四个床位,所以到了北京,我就被排除在了安徽的男生体系之外,三个室友都是福建人(有一个室友后来也考到了清华大学计算机系,并且在清华的新生舞会上支援了我一套西服)。

从安徽出发之前,我把我当时的那部非智能手机的SIM卡槽给弄坏了,所以我妈把她的智能手机借给了我。我当时自以为我是一个机智的少年,虽然自己的手机被弄坏了,却能升级成一部功能更强大的智能手机,后来我才发现我错了,因为我的卡插进去也无法上网。仔细一看,

88

我才知道我妈的手机是电信定制版，而我的电话卡是移动卡，插在里面无法使用网络。于是，我开始了在北京与网络隔绝的五天夏令营。

夏令营的第一天是报到，然后开了一个班会。班会上的自我介绍，我成功地以"最讨厌篮球了"这句话惹毛了酷爱篮球的带队辅导员，同时也以"有人喜欢暴走漫画和暴走大事件吗"这句话找到了接下来几天与我志同道合的队友 A。

我和队友 A 对暴走漫画都有浓厚的兴趣。暴走漫画是一种流行于网络的开放式漫画，通常以日常生活故事、笑话段子为主题，通过简单的手绘表情构成幽默漫画。漫画的题材往往是贴近生活的糗事，也有少量讽刺性和严肃的反思性题材，注重通过夸张的头像，来表达漫画人物的心情，通常是愤怒、开心和无语。我有一次是在贴吧上偶尔看到暴走漫画，看了以后就觉得和我臭味相投，然后又上官网看了王尼玛主持的脱口秀节目《暴走大事件》，算是从第一期就开始追的元老级人物了。

第二天、第三天，北京大学邀请了各专业的教授给我们进行讲座，主要就是灌输以下思想：北大比清华牛，我们系很牛，我们系比清华同样的系要牛。说白了，也就是"洗脑"。

第二天的晚上，我的福建同学出去拍未名湖的夜景了，我一个人从寝室前往澡堂洗澡，结果没带钥匙，出门习惯性地随手把门一带，然后才想起来大学的门是有锁的。当时我就穿着一条内裤，手里拿着洗漱用品和换洗内裤。

洗完澡，我进不去自己的寝室，只好到我们班另外两个寝室寻求"政治庇护"。在他们寝室待了半个晚上，和他们混熟了，直到十一点室友回来我才回到自己的寝室睡觉。

上完这两天的课，辅导员要求我们班在接下来的文艺会演上表演一个节目。当时好几个同学想跟辅导员说我会跳江南Style，我及时堵住了他们的嘴，然后经过我们班十一个女生商议，最后决定我们班出的节目是集体演唱《一千年以后》。

《一千年以后》是林俊杰原唱的一首流行歌曲，问题是我对林俊杰无感，对这首歌也无感，所以不太想唱这首歌。于是我就找了队友A，提议说我们俩还原一期《暴走大事件》吧，由于他也是暴走迷，所以欣然接受。

第三天的晚上，有一个院系自由参观活动，就是在一个建筑物里有各个系的老师和学生在介绍他们系，然后给你一个小册子，让你去找他们盖章，表明你了解了学校的各个院系。我对这些事情没有什么兴趣，就和队友A翘掉了院系自由参观，然后回寝室制作演出道具。

第四天白天，我们进行了一场定向越野。定向越野，就是运动员利用地图和指北针到访地图上所指示的各个点标，以最短时间到达所有点标者为胜。举行这个活动，大概是因为北大想要表现他们对学生综合素质的重视吧。

第四天晚上的文艺演出，便出现了两个前一分钟还在台上深情演唱《一千年以后》，后一分钟就在台上举着"波多野结衣"牌子的二货（参见《暴走大事件》第一季特别篇）。台下的观众都被我们的表现惊呆了，反响比较强烈。

演完之后回寝室的路上，我一路都在和队友 A 聊天。队友 A 说他化学竞赛第一年就拿了省级二等奖，我自愧不如，因为我物理第一年拿的只是市级一等奖。

第五天，也就是最后一天，进行了考试。不知道是怎么回事，我的语文分数特别低。或许是因为有一道题问我读过哪些书，而我却写了一部网络小说（我猜想大学教授肯定不看网络小说）。

现在回过头来想想，我在那个夏令营都干了些什么？反正我是自认为没有学到什么东西，不过还是交到了几个朋友，锻炼了人际交往能力。

从夏令营回来后，过了五天我们学校就开始补习竞赛，我也同时打了一个星期的《三国杀》游戏。补完竞赛放了两天假，传说中的高三就正式到来了。

高二那一年，总体来看，我们班的成绩不如另外一个分层班。所以高三我们班的教师团队又来了一次大换血，也就是说我高中三年在三组老师、三个班主任的手下混过，也是蛮拼的。

新来的班主任，是从我们学校的高复年级部调过来的，学长称之"凶神恶煞"。其实我个人觉得他水平不算很高，而且比较好面子，遇到自己不会的题，会先扯一通大道理，然后说："来，课代表你来帮我解决一下。"而他的运气也着实不错，刚一上任，我们班就爆了另外一个班 10 分的平均分。功劳是谁的我不知道，反正我不相信是因为他一上任我们全班的任督二脉就被打通了，唯一的解释只能是暑假里我们知耻而后勇了一把。反正学校以为是他的功劳就是了。

我当时对换老师这件事也没怎么太在意，反正在谁手下混不是混，高三了，基本上全都是复习了。而复习，我一直认为对于在课内学习方面比较擅长的同学来说，自己做比较好，老师所选出来的重点不一定是自己的薄弱点。因此，只要上课时用一成的精力去注意老师讲的和自己不会的有没有微妙的重合，剩下九成精力自己利用就好。

就这样，我刷我的题，他划他的重点，平静的日子过了半年。

没记错的话，是高三体检之后的一个星期，因为体检时衣服脱得有点多，着凉了。由于个人体质原因，一旦着凉，头会剧痛。周三下午，有一场理综的小测验，我认为就算我状态不好，考得也绝对会比平均分高，所以强撑着一个小时四十分钟做完了，然后直接提前交卷请了假回寝室睡觉。最后得了 256 分，虽然比平均分高，但肯定比我平时成绩低了很多。比平均分高，我就很欣慰了。

周五又是一次模考。我考了年级第二，另一个分层班和我们班的分差也缩小到了 6 分。于是班主任不高兴了，到班上来大放厥词："有些同学态度极不认真，动不动就请假说头疼、肚子疼，晚自习就不上了。"

我当时认为班主任就是在讽刺我，虽然后来他说不是针对我的，但反正我是没看到还有人找他请假的。后来他又找了我的同桌："是不是你影响李一凡学习了？"我就想问他，我那次的年级第二怎么就极不认真了？就算我极不认真，又关我同桌什么事了？可以，你要是说我极不认真，我上你的课就真的极不认真一次。于是我收回了那一成精力，默默刷题，就算你这次把锅甩给我，也并不影响我拿我的年级第一。而且，我就要在这种极不认真的状态下拿一次给你看。

然后，在下一次考试中，我夺回了我的年级排名第一。

接着，我们学校获得了一个北京大学的中学校长实名推荐名额和一个清华大学的领军人才计划名额。以往学校是把北大的名额分配给文科，而把清华的名额分配给理科，但是可能因为我们这一届的文科实力特别强吧（尤其是分层班），所以学校把两个名额都分配给了理科。因为现在理科综合排名第一名是我，所以学校先让我来选择，我当然选择参加"清华领军计划"。

"领军计划"是清华大学 2012 年开始实施的自主招生新政"新百年计划"的一个方面，计划锁定志向远大、追求卓越、品学兼优、素质全面，学业成绩排名在全年级前1‰的应届高中毕业生，采用中学推荐、大学重点考查的方式报名。经由学校推荐、公布无异议的学生，将在面试通过后享受录取分数线降 60 分的优惠政策（无须笔试）。此外，根据面试的成绩给予最多加 30 分选专业的优惠政策（仅限该学生高考分数达到清华大学在该省录取分数线时有效）。入选"领军计划"的学生还将配备"双导师"，即一名所在院系专业老师和一名所在院系毕业的成功校友共同指导学生的课程学习和全面发展；学生还会被优先推荐参加学生骨干培养项目，赴海外知名大学交换学习，参加社会工作、社会实践等。

当时，理科综合排名第二的就是高二暑假去清华夏令营的那个同学。由于我这次选择了"清华领军计划"，所以他就只好选择"北大实名制推荐"了。"北大实名制推荐"和"清华领军计划"有点类似，也是一种自主招生政策，经中学校长推荐并经北京大学审核合格者，可以免于参加北京大学自主招生笔试而直接进入面试，面试合格者在高考录取时将享受降至当地本科一批控制分数线录取的优惠政策。

当时，北京大学在得知我选择了清华大学的"领军计划"之后，也给我发了一条短信，说由于我之前在北大夏令营中表现突出，认为我对特定学科具有浓厚兴趣及特殊潜质，所以现在我只要报北大，自主招生就一定会给我名额。因为我一直向往清华大学，当然就放弃了。

你看，我说过，我会把第一名找回来的吧！

高三上学期快结束的时候，家长陪同我去北京参加了清华大学"领军计划"的面试。之前我也没有针对面试特别看什么资料，也就是当时代课的语文老师模拟了一次。我们那一年参加面试的考生全国有四百人左右，最终获得推荐生名额的大概是三十人。

面试前一天有一个开营仪式。清华大学常务副校长薛其坤来到了现场，说起了他的两次考研经历和在国外求学的经历，鼓励我们要拥有乐观的精神。还有两位学长现身说法，有一位浙江籍的学长讲述了他们去年的考试经历。当年，他虽然知道已经通过了"领军计划"，获得了降60分的资格，但依然静心复习，备战高考，内心没有受到影响，最终在高考时交了一份漂亮的答卷。

第二天上午面试还没有开始的时候，学生和家长都集中在一间大教室里。快开始了，学校就开始清场，家长都搬到了等候室。面试采取一名考生对三名考官的形式，全程大约十分钟，考场内备有纸和笔，每个人要回答四至五个问题，考官会根据考生的回答进行追问。题目大多与时下的社会热点紧密结合，具体问了哪些题目，我现在只记得其中一个是对假日改革的看法。

我们那年还增加了一项体质测试。参加完面试后，我们紧接着就参加了体测。体质测试包括坐位体前屈、肺活量、立定跳远、台阶测试等五项。测试成绩优秀的考生，将在自主认定时适当予以优先，获得 5 分或 10 分的"额外加分"。体测是在学校的室内体育馆里进行的，男生和女生分开测试，项目也有所区别，对我来说难度不是太大。

最终的结果嘛，当然是我顺利地通过了面试，获得了降分资格。

之后到高考，就是轻轻松松地刷题，和同学打打闹闹、聊聊天，这里就不再赘述了。

我们学校在高考前的第三天才放假，因为学校认为早放假我们就会玩疯。那三天，我也和平时放假一样，上午看看书，下午打打游戏，晚上看看动漫和小说。

高考期间，我是到我哥家去住的，因为我哥家离考场很近。那两天的作息也没有什么太特殊的，不考试的时候，主要就是在家用手机看小说和视频，两天玩掉我爸 200M 流量。

考试的时候，我的心态还是比较好，总体来说做得很顺畅，也就是数学试卷的最后一题没有做出来。不过也没有关系，数学最后一题基本上都是坑爹型的，反正模考最后一题就没做出过几次。我考完试之后基本就不想上一门了，不过就是理综考完试老想着条形码贴歪了十五度。幸好理综是最后一门，不会影响到我下一门的考试。

从考完试到成绩出来的那段时间，我在家里猛玩《英雄联盟》。出成绩的那一天，我接到了清华大学的电话，告诉我是全省第三十九名，问我是想上清华还是北大。我说我是"清华领军计划"的，然后他们就放心了。

两个小时后，我在网上查到了自己各科的分数：语文116，数学126，英语141，理综271，总分654，依然是我们学校的理科第一名。这个成绩即使没有"领军计划"的优惠，也是可以考上清华的。

很多成绩好的学生会在考上理想的大学之后，感谢母校，感谢老师，恨不得连高中时常去的厕所都感谢一遍。其实，我倒是很平静。你不应该把自己的成就归功于别人，更不应该把自己的未来依赖在老师身上。你需要的只是一个让你自己战斗下去的理由。

高中三年，学校一次又一次地挑战下限，三个班主任一个比一个苛刻。但是，如果能够用自己的力量，把自己的实力证明给他们看，那不是超帅吗？

日本动漫《我的青春恋爱物语果然有问题》里的男主角比企谷八幡说过："想让一群人团结，最重要的不是同样的利益，而是同样的敌人。"如果你对周围的人还有幻想，希望自己在失败后还有人安慰，那么你只能自怨自艾。而如果周围都是你的敌人，那么，你就可以最充分地发挥自己一个人的力量，奋勇向前。

回过头来想想，其实我高中在学习方面基本上是初中时的强化和延续，只是心里更有一种冲动，一种一定要赢的冲动。学习主要靠的是自己努力，如果非要谈什么学习方法，那我也只能尽量说一些。每个人的特点不一样，我说的这些也谈不上是什么方法，只能说是个人的一种习惯吧。

对于语文来说，由于我是理科生，肯定也不能说是多么拔尖。语文我觉得不一定要做太多的题目，可以把更多的时间花在背诵那些文学常识、课文上面。语文靠的还是平时的积累，因为我小时候比较喜欢读书，所以基础比较好。

数学的话，在学新课的时候，上课注意力要集中，尽量把该弄懂的东西都弄懂。对于数学来说，适当的练习是必需的。做题主要是能多接触一些新的题型，多掌握一些解题的思路和方法。除了做题，还可以多看看自己的错题，找到自己出错的原因，下次不再犯同样的错误。

英语的学习方法我之前已经说了许多。英语和语文一样，靠的也是平时的积累。我在高考中英语取得了 140 多分的成绩，应该算是挺不错的，这与我之前长期学习《剑桥英语》和《新概念英语》有一定的关系。

理综对于理科生来说很重要，有句名言就做作"得理综者得天下"。而且你想，当一个文科生经常在你耳边唠叨"如何建设社会主义文化强国"、"曾母暗沙在北纬多少度"或者侃侃而谈各大历史事件时，如果你不以"万有引力定律是 $F=Gm1m2/r2$""细胞有丝分裂中核内 DNA、染色体和染色单体的变化规律"和一大堆化学公式来回击的话，你肯定会被瞬间秒杀。所以不学好理综，我们拿什么跟文科生比？理综的这三门课都是逻辑性比较强的科目，尤其是物理，需要长时间集中精力去思考、答题。可以说，要学好理综，除了做必要的题目以外，最重要的就是要学会思考。

只谈学习的话，总归有些沉重，除此以外，高中三年的生活也还算是比较丰富的。

我参加了两次元旦联欢会，第一年参演了一个小品

《武松打虎》。小品主要讲的是一个剧组恶搞武松打虎，从旁边工地上找了个演员，结果那个演员是光腔的，把他们剧组抄了。在这个小品中，我扮演母老虎（道具）。小品获得"最搞笑节目奖（伪）"。之所以是"伪"的，是因为这是学生会主席个人授予的，谁让他也是我们节目组的呢。

第二年，我们班上几个同学照着鸟叔的装扮，西装革履、戴着墨镜，表演了劲爆的江南 Style 舞蹈，最终获得最受欢迎节目和最佳舞蹈节目，也算是圆了自己的文艺青年梦。其实之前我从来没有想过自己会去跳舞，而且还是第一次就是在全校师生面前跳。从此进入中二病高级阶段，认为只要想做就没有做不到的。

那个年代，《英雄联盟》还是个小众游戏。小众，我喜欢，于是入了坑。之后《英雄联盟》的火爆大家也看到了，于是自诩为马寅初，比别人快半步，眼光毒辣，从此开始盲目相信自己的判断。当时我是一天不玩浑身难受，并且对身边人进行大力动员。寝室同学指出我只是要一个精神寄托而已，在三年后的今天，我很不情愿地承认他是对的，而在高中把一千五百多个小时和两千多块钱砸到了这个游戏里面，是我最后悔也最无悔的一件事。

高三下学期，由于换了一部智能手机，于是下了当时经常看到的《百万亚瑟王》（MA）来玩。因为手机不能上网，那时候我还天天早起到教学楼蹭 WiFi 玩游戏，当然，这一点还是建议大家不要模仿。当时 MA 和《约会大作战》（DAL）联动，于是我就去看了 DAL，再加上班上的某个基佬死宅的劝诱，之后就不怎么打游戏，而是改看动漫了。《英雄联盟》如果打多了，下个星期的头几天都会非常不爽，老想着周末一定要再赢回来，这在高三冲刺阶段肯定是不允许的。

因为《英雄联盟》，我交到了一群朋友，却也第一次去了以前敬而远之的黑网吧；因为这款游戏，我从不在意在学校里遇到的挫折，只要静静地把思绪飞到召唤师峡谷，一切就都会宁静。我感谢它，但为了我的大学梦，我不得不将它抛弃。

高考后的那个暑假，我预习了一阵子大学的课程，但最后课本还是沦为了手机垫（玩某个游戏手机需要斜着一定角度方便操作）。暑假的主要时间还是在家长草（一种生活状态）。在家干什么呢？肯定主要是打游戏，顺带学会了做饭。

当然，我也跑了不少地方，到处玩了玩，去"魔都"上海参观了 China Joy 游戏展览和 Love Live Only 漫画展览。还有一件事情不得不提，就是期间我做了一个甲沟炎的手术。

另外，因为那一年我们学校出了一个全省文科状元，很受瞩目，所以当时也有很多报社、电视台的记者拉我们学校的学生和老师过去采访。因为我是全校理科第一名，也不幸中招。

记得安徽经济广播《中学生说话》栏目组当时邀请了我校高三年级部主任和状元的班主任，带着全校文科前两名同学和我一起，做客安徽经济广播播音室，与主持人现场"呱蛋"（合肥方言，聊天、互动的意思）。

年级部主任在节目中把我们学校狠狠地吹了一通，将学校的办学历史、办学理念、办学特色、师资力量及学习生活等方面进行了介绍。在介绍过程中，他说的最多的就是"牛"字：最"牛"的一届、最"牛"的班级、最"牛"的学生……学校的老师和领导说的都是一本正经，我能说些什么呢？只能随便东扯西扯喽。

两个多月的暑假说长也长，说短也短。暑假结束，我就进入了向往已久的清华大学。

开学时，父母拎着大包小包送我到北京上大学。来到清华，我的第一印象就是清华真大，从北边的学生公寓骑车到西南门，要花半个小时。所以在清华，几乎所有的"移动"都是自行车。每天学堂路上来来往往的车流，也是清华的一道亮丽风景线。

因为暑假里我做了甲沟炎手术，所以大脚趾裹着纱布，我就这样参加了大学的军训。我们学校去年没有人考上清华，今年考上清华的男生就两个，另一个脊柱做了个小手术，缓训了。如果我不来，清华的军训场上将连续两年没有母校男生的身影。为了母校的声誉，我不能逃。

军训时，走完十八公里，据教官说我脸都白了，我只好谎称我生来皮肤就白，没办法……

在高中，看大学就像看月亮，朦朦胧胧，令人心驰神往。等真正上了大学，你会发现你真的像是到了月球，因为上面都是"坑"。

从我这半年的亲身体验来看，我劝你永远不要相信什么上大学就闲了，至少，在我们学校是这样。我上高中时，双休日还有点时间打打游戏，上了大学，我连什么是双休都不知道了。一般人的境界是没事找事，而清华是你明明已经很忙了，但它还会给你找点儿事。但是，坚定了只做自己喜欢的事的我，感到很快乐。

我上的是自动化专业，主要研究自动控制的基本原理和方法、自动化单元技术、集成技术及其在各类控制系统中的应用，是理、工、文、管多学科交叉的宽口径工科专业。

学习什么的，我的印象倒不是太深。因为这半年，我的精力基本都花在了一个叫作学生节的事情上去了。

学生节，是每个系自己组织的文艺演出，每年一度。按照惯例，新生年级要出一个节目。作为班里的文艺委员，出于责任心，我报了新生节目导演组。但是，我感觉导演组并不是特别有干劲。最后在三审，也就是正式开演前的两个星期，我们的节目被毙掉了，整个推翻重做。

没办法，这时候我的"中二病"又发作了，就像前面说的一样，想让一群人团结，最重要的不是同样的利益，而是同样的敌人。如果这个敌人没有，那么我就来当。

于是，我翘掉了当天晚上的导演组会议，然后当新生总导演打电话给我时，我说了一些很过分的话。之后，虽然我被排挤，但是他们和以前不一样，一改懒散的作风，开始好好地排练。

功夫不负苦心人，最终我们的演出大获成功。庆功宴上，总导演借着酒劲问我那一天跟他打电话时说的是人话吗？我给出的解释是：我工作时会"撕逼"，但平时还算个好人。实际上，我只是希望自己看似过分的话语能够激怒他们，让他们找到一个共同的敌人，从而激励他们团结起来，努力奋斗。

庆功宴上许多同学都喝得大醉，但我却没有喝酒，免费 WiFi 我尚且不愿放过，更何况大脑这么好用的东西，怎么能用酒精去关闭它呢？小时候爸妈跟我说喝酒会烧坏脑子，然后我就坚定了一个信念，这辈子不喝酒，久而久之成了有点酒精过敏的体质。但也是托这个的福，我的头脑一直很清醒。

关于大学，就先介绍这么多。我只是刚刚开始大学的生活，也希望自己能够善始善终。

很多人都羡慕我考上了这所国内最顶尖的大学，认为我一定在学习上有什么特殊的方法。其实想想从小学到高中，我觉得学习真的是一分耕耘一分收获，没有什么特别的方法。如果你想用二十分钟完成别人两个小时的功课，方法只有一个，那就是给他一部智能手机。

总之，平时认真完成老师布置的作业就可以了，没必要诚惶诚恐地一套一套买资料。高中就那些题型，任何资料上都有，没必要做无用功。

到了冲刺阶段，就多找些卷子来刷吧，多见一些题，到考场上都是熟面孔也好说话。

考试时，千万要有自信，不要自乱阵脚。想要做对题，首先要相信自己能做出来。

要记住，自己是独特的，不要被别人干扰，就算是为了物种多样性，也绝对不能输。

家庭也很重要，家人对我的关心与爱护，始终是我最强大的精神支柱。父母不要过分强调孩子的学习，尽量多给孩子一点理解与宽容。

　　还有很重要的一点：学习要劳逸结合。但是如果连劳都做不到，就不要谈逸了。

　　其实我想说，我是一个不太有远大志向的人。初中时，我的志向就是考上重点高中；高中时，我的志向就是考上清华北大；而现在，我想想……微积分不挂科？

　　开玩笑的。嗯，我现在的理想应该就是成为一个厉害而幸福的人吧！

　　超帅的，不是吗？

　　最后说一句话：我不是一个"好学生"，只是一个成绩好一点的"坏学生"。

"我是一颗燃烧在天边的流星。"

——张昕冉自述篇

生命开始于母亲，而记忆的源头却是杂乱而缥缈的。

1996 年我来到世上，成为一名土生土长的合肥人。幼年，对于双亲都是教师这一职业没有什么认知，我只知道他们总喜欢对着其他孩子的家长一遍遍地强调要对孩子有耐心，而对我，却是棍棒教育。虽然在成长的过程中，我接受了父母初为人父人母、经验不足而导致我那段阴暗童年的解释，但是那些教训和记忆，我未曾忘却半分。

人总是这样有阴暗也有阳光。和颓废的自己斗争，是我至今以来最为乐此不疲的事情。我并不想因为父母当年的错误就牺牲掉自己的人生，越战越勇、越挫越勇才是最好的。

　　进入学校之前，印象最深的就是和父母的同事对话。因为见证了父母的言行不一，很小的时候我就对大人有一种恐惧和厌恶，对他们的虚伪极为讨厌，虽然那时候我还不懂什么是虚伪。

　　大人最喜爱的游戏就是亲切地问孩子："喜欢爸爸还是妈妈？"回答两个都喜欢，他们就没了下文，开始彼此攀谈。如果只选了一个，他们又会问："为什么不喜欢爸爸（妈妈）呢？"他们诚恳得就像是救世主，可是无论我怎么回答，他们都是一笑了之。我的生活并不会因此有半点改变，父母不会反省，反而可能因此对我一顿打骂。

　　后来我渐渐明白，大人们只是把我当作一个玩具，他们不在乎我的回答，只是逗弄着我。这令我莫名地愤怒，于是我的答案变成了："都不喜欢。"如此令人尴尬的回答，大人们便装作没听到，勉强挂着笑继续他们的话题，而我避免了被无休止逗弄的命运。我不能容忍别人将我像玩具一样戏耍，哪怕是命运也不可以！我一定有办法扳回一局的！

　　记忆中还有一幕犹在眼前，一个客人拿着一个玩意笑眯眯地问我："想不想要这个啊？不说话我就不给哟！"父母在旁边帮腔："这么贵重的东西给她干什么？"用一个东西买小儿软糯的撒娇央求，这也是大人们乐此不疲的，可惜我从来都不买账，这或许是我变得像酸腐文人一样不慕名利的开始吧。看着他们疼惜的眼神，有些害怕的眼神，以及我沉默不语时他们飞快地收回礼物、生怕我突然开口的样子，我总觉得他们很可怜。

其实我知道大人对我没有恶意，只是他们在我面前找不回那种率性纯真了。父母极爱显摆，总是叫我当众唱歌跳舞，大人们永远只有赞美。可惜，后来我变成个压腿都压不好，唱歌一直没调的人。

父母工作特别忙，以至于没有时间照顾我，于是在很小的时候我就去妈妈在县城工作的幼儿园读书，有了念了三遍小班的辉煌纪录。

县城的幼儿园离家很远，每天出门后将近一个小时才能到，所以我也是从小班开始，在食堂吃午饭晚饭。食堂的菜自然不能和家中相比，本来就嘴馋的我更是满腹怨言。

然而，最为可怕的是早饭，母亲为了赶时间，只做易熟的白水面条。吃了三个月不间断的白水面条后，我已经到了难以下咽的地步，以至于白水面条到现在都是我的噩梦。可是秉持一定要吃早饭习惯的母亲却要求我必须吃干净，于是我只好偷偷往垃圾桶里倒，被发现后自然挨了顿打，早饭却还是一成不变。我又开始往下水道里塞，结果水管堵住了。发现真相的母亲命令我将面条从下水道里扒上来，然后吃掉，以此警告我要老老实实吃饭。父母本意只是吓唬吓唬我，以为我会求饶，却不料我真的吃了起来。我还没吃两口，就被父亲阻止了。最后，我每天早起十分钟，去楼下早餐店自己美美地吃早饭，吝啬的妈妈自己下面吃。

每当我坐在街边吃着早餐时，我都要感激我的倔强和勇气。反抗不一定能改变，但是不反抗只能坐以待毙。以至于多年后远离故乡，还是忍不住想念当地特有的早餐，那不仅仅是一种美味，一种特色，也是我的一枚勋章。

长达六年的幼儿园生涯，我只有一个朋友。她是个非常善良耐心的女孩，总是在我被欺负时为我说话。在农村的学校里，我总是因为城里人的身份而招致敌意，只有她，一直对我不离不弃，为我挡下拳头，为我擦干眼泪。是她给了我最初的温暖，点燃了我此生心底的一缕暖意。

有一天，我得以去她家午睡，两个好朋友躺在一起有说不完的话，没有一丝困意。过了一会儿，隐隐听见她母亲从田里回来的声音，她顿时紧张起来，害怕因为没有好好睡觉而被训斥。我向她谎称，如果是我，我妈妈会轻轻吻一吻我的额头，安抚我入睡。她眨了眨眼睛，相信了我的话，于是两个人决定闭着眼睛等待她妈妈推门而入。她妈妈发现两个假寐的小人自然很是生气，她一着急，就把我的话全盘供了出来，我心里暗叫不妙，紧张地看着面前陌生的成年人。可是，她妈妈犹豫了一下，真的在我俩额头吻了一下，然后有点不自然地劝我们入睡。最后，从未被如此对待的她，更是兴奋得睡不着。

每次想起这件事，我就觉得满心温暖，被那种笨拙又温柔的善意与爱意所温暖，那就是所谓的母爱吧。

父亲的往事我几乎一无所知，但是母亲年轻时取得优异成绩所凭借的良好习惯却近在眼前。母亲喜欢在办公室里练字，一直坚持到现在。她比任何人都深谙言传身教之道，虽然表面上她一直采取放羊式的培养，但是，她的一些良好习惯也顺延到了我的身上。

因为不间断地练习，母亲上课时的粉板字和备课的钢笔字在我眼中都是闪亮的艺术品。由于外公的影响，她甚至还会些许毛笔字。幼时的我对书法有了不可自拔的迷恋之情，我多么想让这样流畅优美的字在我的笔下翩翩起舞。

但是，我热切的渴望却遭到了母亲的冷藏，她只是一如平常地教我在田字格中书写铅笔字，这几乎让我每天对着她办公室的钢笔与毛笔蠢蠢欲动。最后，她给了我一个承诺，如果一年后我升入小学时依旧不改初衷，她就准许我学习毛笔字。

转眼间一年飞逝，我站在了小学的门口。不记得是哪位名人曾说，教会他最多的是幼儿园老师。然而对我来说，教会我最多的是小学这漫漫六年。

小学的班主任是语文老师，她是我毕生的良师益友，即使在今日，面对人生的种种困顿，我所使用的，仍然是她所教授的。

一年级的自己难得回到城市接受教育，可是变得狭小的教室，窗外聒噪的车鸣声，让本就好动的小孩更加烦躁。

数学老师是个脾气很不好的年轻男教师，他喜欢罚站所有没有拿到满分或者作业有错的同学。我站在被惩罚的人群中，没有感到有任何不妥，或许只是因为单纯讨厌站在桌边不舒服的姿势，我开始尝试尽力完善我的作业和考试。

语文老师的课堂相对柔和，她最先教会我们的是记日记的好习惯，这个习惯断断续续也持续到现在。这是她教我埋下的最醇厚的一坛酒。带有感情的记录，让某一时刻的自己被文字封印，无数幼稚或别扭的自己也在字里行间害羞地张望着。当时保留下来的照片、视频和声音，总会在岁月中散发出迷人的气息，那些过于庞杂而难以唤起的记忆，可以在自己笔下被封存起来的鲜活思绪里瞬间激活，就好像当年的大脑突然苏醒，将故事娓娓道来。我闲时常常翻阅那厚厚一摞的日记，从现在的方向回望过去，才知道很多事早已经注定。

日记也培养着我对文学的痴迷。我总是能在文字中找到不朽的灵魂，总是能体会到和书中人物交流的感觉。我曾在纳兰跪拜于佛前心死如灰时，透过他的眼对慈祥的佛像一笑；我曾在郭敬明最初的小说中，看见那个干净惶恐的孩子站在绚丽缤纷的梦境里。我把我的心融化，一点点渗入字里行间，它们也就变得鲜活而美好。

　　日记，看上去只是发霉泛黄的往事，却滋长着我对阅读的渴望。它反省着我走过的路途，润泽着我手中挥舞的毛笔，飞扬着我缥缈的思绪。现在，它颤抖着催促我写下这些文字。

　　一年级时，老师强制我们记日记。我并不知道，当我在后面的日子里仍然坚持记录生活时，我已经选择了我的人生。坚持，是一首初来缓慢痛苦，回放慷慨激昂的歌。

　　一年级无心学习的我，目光总是流连在外面的世界。外面的世界里，总有一些高年级的女孩欢乐地跳皮筋。我和她们成了好朋友。

　　我的交友并没有什么禁忌，因为在我眼中，每个人背后都有一整个世界，那些世界中包含的远远比课桌上的书本多。高年级的女孩们总是在玩乐之余提醒我要好好学习，可是我根本听不进去。

　　我像个贪恋美味糖果的孩子，沉浸在自己的世界。我已经很久没有写过作业，试卷也干净得刺眼。直到有一天，好脾气的语文老师难得发了火，让我到门外罚站。在我走出教室时，她将一大堆空白的作业扔在我身上，问我："你到底想做什么？"

　　虽然她与我的父母是故交，但是对我的宽容也是有限度的。我在门外愣了很长时间。我已经很久没有兴致去看书，所谓的日记也因为日渐贫乏的生活而单调，黑板上满满的是我认不出来的字，我咬了咬嘴唇，才知道我有多么蠢，我到底在做什么啊？想把自己封印在这样的年纪，拒绝未来更多美好的世界吗？

及时的纠正使我落下的进度并不算多。一年级的知识简单易懂，它很快就原谅了我无知的错误。等到下学期再回看那段颓废的时光，觉得就像是一场梦一般虚幻。曾经的污点或许难堪，但是总比一直堕落下去好。有人说，中国有一个最值得欣赏的传统：英雄不问出处。

那些污点是你战胜自我的勋章，我骄傲于自己的改变，也摆脱了污点带给我的自卑。我知道，无论多么大的错，只要开始改正，总比放任它错下去好。

你永远叫不醒一个装睡的人，也永远无法改变一个对自己都绝望的人。

一年级的那个暑假，我终于如愿站在了少年宫的门口，终于可以触碰那支一直拿在母亲手上的毛笔。同时涌入我世界的还有舞蹈、油画、作文和奥数，我从来不把它们当作负担，甚至在某些时刻会怀念这样的自己——像海绵一样努力吸取身边一切知识的自己。"君子不系守一业也"，凭借着不会疲倦的身体和灵魂，我在寻找着自己的归宿。

我的舞蹈生涯最为短促。

　　每一个小女孩都有一个公主梦，对舞蹈也有着类似天性的向往。我练习得很认真，家里的阳台也为我装上了单杠。无论平时还是周末，我都自觉地练习着。但是还有一样东西是我无法克服的，那就是下腰。我对于这种"高危险"的动作十分惧怕，如果身后没有一张柔软的毯子，我无论如何也不会尝试。做这个动作，头有狠狠落在地上的可能，实在太过冒险，因为那是我身体当中最为珍贵的一部分。老师略有微词，却也并没有刁难。心中虽然羞愧，但是我一直不肯屈服。直到有一天，母亲破天荒来练习房看我，我心中压抑着兴奋，尽力完成每一个动作，后仰、劈叉、下腰，我都咬牙做到自认为最好的程度。

　　下课后，母亲一脸阴云地看着兴奋的我，她当着很多比我年幼的学员的面毫不客气地扇了我一巴掌："你到底有没有用心在学啊？你知不知道你做得最丑啊？"她愤怒地指责着我，而我却难以给予回应。局中人无法将自己和他人做比较，当你自认为做得最好时，却被人告知你不过是个搞笑的小丑，这样的故事该怎么收尾？

　　那一学期结束后，我再也不想去跳舞。母亲开始嘲笑我的怯懦，但是也没有逼迫。我却有些明白，有一些事情并不是你付出就一定会有收获的。在没有光明的路上前进只会是浪费时间。世界上最难的就是认识你自己，或许我有跳舞的才华，却被自己放弃了，可即便如此我也不会后悔，我对跳舞缺乏永久的热情。我和幼儿园的那位挚友一起学习舞蹈，二年级后她迫于家境再也不会进城学习了，而舞蹈也从我心里彻底冷却下来。学会放弃和学会坚持一样重要，因为人生必须有理智的放弃与不灭的热情，才能沿着正确的航线永远行驶下去。

画画是我断断续续的自我坚持。学习完简单的水彩笔画后，我来到了油画的课堂。我并不喜欢这种颜料的气味和粘在衣服和皮肤上的感觉，也不喜欢那些抽象的图案，所以我总是随心所欲地画着一些东西。但是授课老师对于我这个三节课才来一次却能一样完成画作的孩子青睐有加。被老师宠爱的感觉非常美妙，这或许也是我学习的一种动力，用短时间专心致志的学习换得老师的一些宽容和自由，用来铸造自己的梦。但最终我还是抛弃了油画。后来的日子里，我的朋友和老师都能画出美丽的图案，我也耳濡目染地坚持随手画画。现在我依旧是在闲暇时光才会临摹一幅画，好像没有什么特别的目的，只是单纯的自我愉悦。

奥数似乎是每一个被称赞聪慧的孩子的必修课。但是奥数和作文教会我的并不是课程预期的目标，而是竞争。我很难想象一个人会优秀到永远难逢对手，所以遇见竞争时我并没有慌张或者厌烦，反而有种得遇知音的庆幸。奥数课上，我们总是最早完成那些课后的题目，被允许提前下课的我们一边等待着家长一边分享着零食。作文课上，我们虽然略带苛刻地嘲讽彼此的作品，最后却都开怀大笑起来。

年少聪颖的孩子总是被誉为"天才"，这会增加甚至膨胀年幼的心，而适当的竞争却能让人保持清醒。不要高估自己，也不要贬低自己，放眼望去，行在路上。

二年级刚刚开学时，我遇到了一些小小的麻烦。推迟的放学时间、课后作业的出现以及每天必须进行的书法练习，都让时间突然变得紧迫起来，于是我也和很多同学一样，选择了胡乱对付作业。

那天下午的语文课，阳光灿烂得眩目，我们的语文老师第一次对我们进行人生智慧的传授。一旦回忆起那天暖和明亮的日光，她从那天到毕业的谆谆教诲就开始在我的耳畔回响。

这其实是一个很浅显的道理，只是很多人没有意志力去约束自己。拥有一份优秀的作业，你就可以被允许在订正作业的课堂上开开小差，你可以免去订正成倍的错题。完成一份优秀的作业，你只需要比胡乱做作业稍微多花点时间，完全少于订正的时间。我或许是个精明的生意人，虽然对于钱财一直反应迟钝，但是对于时间却是分秒必争，因为我在支取一个不知道总额的账户，我无法预算，无法估算，所以不敢浪费。

我有一些在大人看来是无心学习的朋友，我试图重复老师的话语，但是他们只能躲闪着回答他们做不到，管不住自己。很多年后的一天，我身边坐着一位每天要玩三个小时游戏却能高效学习的学霸，他拿着刚刚到手的全国数学竞赛一等奖的证书。他妈妈忽然问我们："你们觉不觉得管不住自己的人很可怜？""嗯，那真是最可怜的。"我们淡淡地回答着。

想要把握自己命运的人，却管不住自己的身体？壮士断腕之勇，是我们在世上拼搏的最有力武器。

三年级的生活更加繁忙。学校开始开设英语课，这种陌生的语言让我措手不及。数学老师换成了一位更加严格的老师，犯错误的代价比之前更为严重，为了逃避惩罚，犹豫良久的我终于还是溜进老师的办公室，准备偷偷修改试卷。然后我就被我的班主任抓了个现行。

我可怜巴巴地发誓着这是我第一次抄答案，班主任的脸色也渐渐缓和下来。她略带着些无奈地告诉我，不久之前她也遇见另一个很是优秀的学生在改试卷。我不知道她是不是为了安慰我而故意为之，但是我确实是镇定下来了。她又问："为什么要改试卷呢？"

我的脸变得通红，并没有仔细思考过这个问题的我一时也不知道如何回答，仿佛拿到较差的分数天生就是学生的羞耻，何况是所谓的"优等生"。害怕同学或者老师的轻视？或者是自己无法原谅自己的粗心大意？

　　班主任具体的言辞已难以拼凑，但是依旧难忘那些教诲。除了你自己和家人，没有谁会真正在乎你的成绩，因为这些都是你自己的事情。而那些分数，如果是值得后悔的粗心大意，就更应该保留下来鞭策自己。现在的你或许会为了一场小测试而紧张万分，等到很多年以后这场考试或许早就被遗忘。但如果你为了它埋下了一颗不安的种子，它将会持续折磨你到尽头。这样的一笔账，谁都会做出正确的选择吧。

　　长谈之后，我许诺再也不会在考试中做这些小动作，它的期限一直持续到今日。回头看，我竟然连高考的分数都记不分明，每一次我都要全力以赴对付生命中的每个挑战，然后学会去接受不同的结果，彻底地放下不回头。这就是人生，我所能背负的很有限，需要学会取舍。

　　但是我没有想到考验来得如此之快。不久之后，我们开始学习数学分数课程。我并不能很好地理解它的含义，总是不知道被除数对应的是分子还是分母，就在这样的情况下，我们迎来了测试。考场上纠结了良久，我还是不幸地选择了错误的答案，我的分子分母位置全部写反。考完试的当天中午，我便被数学老师请到办公室"喝茶"。

　　当我手里接过老师不屑于批改的答卷时，我觉得我真的快要死掉了。数学老师一脸不可思议与难以理解地看着我这个成绩还不错的孩子。我的思绪在极度混乱的情况下说出了问题所在，老师不出所料地表现出了自己的讥讽，但是她却给了我一个很简单的例子，记住 $1\div2=1/2$。从那时候起我对于数学中的触类旁通有了一种朦胧的感觉，这样的方法和挥之不去的耻辱感一直是鞭策我学习数学的动力。无论在什么时候，我都不会再向数学低头，一旦退缩，就会听见老师那无比轻蔑的声音。

当我灰溜溜地离开办公室时，老师的声音波澜不惊地从后面传来："下午我会重新测试的。"那时的我并不了解这是一种对我隐秘的呵护，所以回想起来，感动犹如昨日之事，分外的温暖。

对于拿着这样一张试卷的我，麻烦的不是老师，而是我的妈妈。她正在校门外冷冷地看着我。她简单询问了一下我这么迟才出来的缘由，秉持着不久前接受的要做个诚实孩子的教育，我选择了全盘托出。但是我手里捏着的毕竟是一张写满了字却是零分的试卷，我无法想象素来严厉的妈妈会怎样处罚我，于是在归家的路上我就忍不住号啕大哭起来，希望可以换得一些同情。

可是事情总是不遂人意，母亲不出所料地暴打了我一顿，边打边质问我知不知道错在哪里。我只能猜测是由于这个过低的分数，让母亲如此暴躁。但是事情再一次出乎我的意料，母亲停下了动作，很认真地端坐在我面前的沙发上："你愿意承认这样的事情其实我也是很欣慰的，本来我没打算打你，但是，你居然为这样的小事哭成这样！你要知道哭是最没用的解决问题的方法！我恨你选了这样没用的方式！"

这样被逼着不许哭泣的经历还有很多。我渐渐学会，面对再棘手的问题，都不能茫然哭泣等待援手，而是尝试去解决，在这过程中，我也渐渐了解到，人的一生没有什么过不去的坎。

那个下午，我带回来一份满分的试卷，母亲面无表情地签完字，端上来一份丰盛的晚餐。

四年级的生活对我来说是那么与众不同，我开始学习计算机编程。这是一个艰巨而浩大的工程，需要接触大量超前的数学知识（有些甚至对现在身处大学的我都不过时），需要记忆冗长而难以理解的英文语句，更重要的是需要大量的时间练习。从四年级一直到初二，我的学生生涯和其他同学都不太一样，我的大部分时间都在机房重复枯燥的编译工作。

也因为如此，我的老师免去了我所有的日常作业，我可以随意选择是去上课还是去机房。最初的一段时间我并没有给自己特殊待遇，而是同其他同学一起完成作业。很快，我的班主任就叫我去谈话了，她的眼中没有我所揣测的欣慰之类的目光，而是满面愁容，开口就是一盆凉水：

"你太听话了！"

　　我被这句话吓蒙在原地，我从来不觉得一个听话的孩子应该受到批评指责，相反，大人们对这样的孩子总是疼爱有加。老师接着翻出我才上交的作业本，她指着那些被要求抄写五六遍的生字词问我："这些字你会写吗？"

　　"会……"我迟疑着看着那些根本算不上"生"字词的作业。"那你为什么要浪费时间来抄写呢？你可以用这些时间去掌握更多新的东西啊！你怎么那么实诚，老师所布置的作业只是在中等的标准，如果你想变得优秀，就应该有自己的安排！"

　　并不是身为数学老师的班主任一直在教我如何精打细算自己的时间，而是她教我如何使用这一项神秘而珍贵的资源。日后我被迫接受的题海战术，更加需要这样的智慧，面对铺天盖地的题目，乖乖和着老师的要求一题题做下来难有效果，最好的方法是挑一些自己还没有掌握的地方，做着变化多端的题目，直到它变成手中灵巧的工具。

　　于是我便停止了完成所有作业的"乖巧"行为，虽然被特许不用上课和交作业，但我依旧要参加考试，因为学习是我的主业。小学浅显的知识纵容着我寻找属于自己的自学方法。

　　有时候回忆起来，让我着实惭愧的便是小学才是我阅读最多的时间。每一天，母亲都会在家里的小黑板上，工工整整地抄写一首诗词。母亲的粉板字在我眼中最为惊艳，让人忍不住多看两眼，很多诗词就这样悄无声息地刻在了脑海里。这样的工作一直坚持到五六年级。那时我需要背诵的篇章已经不是那小小的黑板可以容纳的了，所以这项活动才停止。那些童年借助拼音熟记的词句，会在日后某一时刻突然冲破时间的限制，回响在耳边，那样清晰亲切。

每一周我都会去市区的图书馆借书，用我和母亲的两张借书证贪婪地阅读着。从虚幻的神话故事到波澜壮阔的人物传记，从优美从容的散文到晦涩深奥的名著。母亲喜欢为我列下长长的阅读书单，那些泛黄的纸片是一种小小的骄傲，更是一种激励。从阅读中获得的一切，滋养着我的生活和灵魂，这样的益处不仅仅是语文的财富，而且可以扩展到任何领域，因为书本是最常用的知识载体。

同学总喜欢说读书时的我“入定”了，虽然还做不到居里夫人那样岿然不动，但是沉浸在书中的我，可以屏蔽一切声音，何况是时间。于是阅读渐渐变成了一种享受，一种可以品尝到忘我之境的美味。

任何一门学科，我从来不敢说是擅长的，但是单单从成绩上看，好像总是优秀的。有时学习是兴趣使然，有时是责任感的驱赶，有时还是负气而为，就像是一株植物可以从地面、空气、天空等不同的地方获取成长的力量。

人总是可以找到动力前行的。当然，这一切的前提是有一颗前行的心。

到了五年级，回首我当班长已经有四年之久了，本以为还可以继续担任这个职务，但是在竞选时，老师直接剥夺了我参加的权利，理由是我过去一年周旋在学习和编程中劣迹斑斑。虽然在下半学期，我还是重新担任了这个职务，但是内心开始有了一种洁癖，我总是害怕犯错，害怕有朝一日会被人搬出来指指点点。这样的魔障一直到大学的一节课才被打破，那个老师笑着看着我们说："为什么要自卑呢？中国有个很好的环境，那就是英雄不问出处！"

如果你变得优秀，谁有资格嘲笑你曾经的落魄呢？生活总是有应接不暇的波折，唯一不会改变的，是我向上向光的姿势，至少，这样还有希望。

比如，我的编程之路。

四年级到五年级，也不过短短两年时间，比起很多三年级就开始学习编程的同学，我看上去总是差很多。由于团体赛至少要有一名女生，所以我被选入了校队。这是第一次背负集体的荣誉，我觉得我无法承受这样的力量。无论是日常练习还是周期性测试，我的分数几乎都是垫底，每一次我都是缩在角落。很久没有尝过当一名差生耻辱的我，几乎有些偏激，队友们有时对我的成绩的无声叹息都能激起我深深的敌意。我该如何呢？我只能徒劳地打跑那些嘲笑我的人。

终于有一天，我闯祸了。我和老师的得意门生狠狠地打了一架，我们本是从小的朋友，但也正因为如此，他总是正好能伤到我的最痛处。头脑发热的我用尽全力和他在地上扭打着，直到其他人将我们分开。我的两位编程老师不得不找我谈话。

他们轻笑着，没想到我这样一个瘦弱的小丫头也有这样狠的时候。我浑身疼痛却不肯落泪。他们很认真地看着我，问我，为什么不能把这股劲用在提升编程上呢？为什么，不能对自己狠一点呢？

一个战士只有用功绩和行为才能洗刷耻辱，我和我的队员，是战友般亲近又疏离的关系。

后来我才知道，每一个看上去不平凡的人，都是自己逼出来的，没有人可以真的轻松成功，只是人们会忽略付出，只看见辉煌的成绩。怎样才能快速弥补自己的不足之处呢？只有发狠。所以每当自己快要放弃时，就把自己放回到那个战场，用壮士断腕之勇，去搏斗，去拼杀。

我开始每天在电脑上编程到深夜，手边的每一个例题都先测验通过，然后再要求自己背诵还原出来。每天深夜家人都睡了，只有我一个人还醒着，窗外只有星辰还亮着。我开始鼓起勇气承受白眼去请教别人，或许会有人很不耐烦地将几百条语句直接删除让我从头做，但也终究会有人一一为我修改语句。我开始踊跃地在上课时举手上台板书，逼着自己背诵下那些原本看不下去的单词语句，跟上解题同学的速度和思路。

但是，结果如何呢？我开始近视，而且在省赛前的最后一次测试，我稳稳地落在了最后一名。那天，九点下课，外面的天黑得什么也看不见，我作为最后一名最后拿到试卷最后一个走出教室，没有和老师、父母说话，一个人默默往家走。我在路上偷偷流着泪，不敢让母亲看见。

那时我接受的教育是"一分耕耘一分收获"，我想不通我哪里做得还不够，我愤恨着上天的不公平。怀着强烈的情绪，我回到了家，陷在柔软的沙发里，才稍稍缓过来气。随后到家的母亲并没有表现出任何异常，平常到没有询问我的失常，她好像对发生在我身上的耻辱一无所知，平淡地烧饭，然后提醒我今日练习编程后要早些休息，毕竟明天要比赛。

我并不擅长撒娇，略微思考，还是一言不发和寻常一样开了电脑，一边不争气地流下眼泪，一边咬牙订正着试卷上的题目。

第二天，虽然内心极度矛盾，但是昨天还剩下一道题目无法解决，在分散的考场内，我只能求助于老师。老师仿佛和母亲一样忘记了昨晚发生的事情，细致地讲解完还不忘表扬我最近的"优良"表现。我困惑着，却看不出任何端倪。

那段时间正是《哈利·波特》热映的时候，我甚至猜想哪位善良的魔法师让他们都失忆了，然后把自己也逗乐了。

或许是巧合，或许是注定，我问的那道题就这样出现在了省赛的试卷上。我的脸上不自觉地露出了笑容，就这样一直轻松地完成了测试。

那一次，我是校队的第二名，正数。

同学们打趣地说我是一匹小黑马，那些让我恼火的事情也渐渐消失了。事后，老师和母亲向我承认，他们是合计好一起暂时忘记那份难堪的试卷，因为我毕竟还是心智不全的孩子，他们决定保护我这用无数黑夜换来的进步，不被我的孩子脾气所毁掉。如何让自己的心情不影响自己的发挥，这门课程我至今还在学习。每次血气上涌时，我就会想起那日老师为我装傻的良苦用心。

后来出了一件很大的事情，就是省赛的题目漏题了，漏给了那些有钱有势的学校，那些学校的老师连夜赶制答案让同学们背。而我们这样平平淡淡的学校，只能忍受听说风声的家长辱骂老师和学校无能。其实长大了之后才知道这些并不算什么，有些人能轻而易举得到你一辈子也看不到的东西。再后来呢？那些老师做错了题，指望凭此拿到好成绩来炫耀的人也落空了。为什么呢？大概是因为太多的心思都用来买通关节，结果关键时候自己的实力拖了后腿。绣花枕头没什么好怕的，但是遇见货真价实的，那就是一场硬仗。

还好我从来不觉得怕。

编程的内容在计算机日益重要的时代给予我的益处持续到今日，而我清楚，它给予我的不仅仅是前面说的那些。

六年级是记忆中父母的关系第一次变得前所未有的恶劣的时期。饭桌上他们总是说两句话就开始吵架，我开始学会淡定地端起饭碗走进书房，将电脑的音量调至最大，尽量忽视那些争吵。父母关系一直不好，与我的关系更是稀薄，劝说那就只能是两边挨打。我在书房的那些日子，从来不会去担心这些日常插曲，这种自信可能来自于他们之间的一张结婚证，我总觉得他们再如何也不会真正分开。

直到一天，外婆来到了家中，母亲正式提出离婚。我开始慌乱地向老师和同学求救。父母和我之间的裂痕越来越大，我在家的脾气总是异常暴躁，那些幼年时遭受的家暴在内心深处开始蔓延，我尝试向不同的老师求救，也在承受不住时对父母歇斯底里。我难以相信父母间的感情，也不相信他们对我的感情，这样的纷争一直到高中，我干脆几个月都住校不回家。那时彼此间感情终于稳定的父母，却发现难以挽回对我持久伤害的后遗症，只好求助高中那位儒雅书生般的班主任来找我谈话。而他刚开口，我便情绪激动得难以自持。

最后，他叹息一般地对我说："这不是你想不想，原不原谅的事情。你们要在一起一辈子啊！"

我忍了很多年的泪水总算是落下来了，那些难以释怀的心结也在和父母坦诚相待时一一解开，我们要一起走很远的路啊，怎么能就这样轻易生疏。

总以为人生会背负一辈子的重担，但事实告诉我，这世界上也没有什么不能克服的事情。

特别是面对流言蜚语。

我的整个小学，发生过两件和钱有关的不愉快的事情：一次是被人偷钱，一次是被认为偷钱。明明都是别人做小偷，但委屈好像都是我的。一路呵护我的班主任，用她并不丰富的侦查经验，终于替我找到了小偷，两次还我清白。我语无伦次地表达着我的谢意，老师却只是淡淡地说，以后自己的名誉要自己去捍卫。

我并不知道她为什么从来不问就相信我是清白的，但是每一次遇见不白之冤，我都会想起她，然后平复心情，为自己而战。

六年级还是我们面对的第一个毕业季，虽然升学的压力不是很大，但是不同的道路已经在我们眼前铺展开来。

这些在血气方刚的男生身上体现得尤为明显，班级的男生开始拉帮结派，彼此闹事打架。最厉害的一次，是有同学招惹到附近初中的学长，那些学长翻过小学矮矮的围墙来打架，打架一事甚至波及老师。我们的班主任为此特地和全班的同学谈了话。那天，她站在讲台上，我才发现她好像苍老了很多。

她说，中国的学校就是一座座工厂。这个学校工厂的概念，不同于后来被无数人诟病的"标准化生产"的"学校工厂"，而是特殊的由老师铸造的"学校工厂"。它就这样静静伫立在我的心中。

她说，学校是为社会生产人才的地方，老师基本上是按照合格品的标准去要求大家，能成为优等品的都是自己努力的结果。如果成为次品也并没有什么可耻的，最重要的是，不要成为一个危险品。

在不同的学校不同的班级，到底是优等品、合格品还是次品，都有着不同的结果。所以无论被定义成什么，我都会怀着平常的心态磨砺自己。她在我心中设下了一条不可以触碰的红线：无论生活如何对我，无论命运将带领我去何处，我都不会去做一个危险品。

毕业其实只是一场考试那么短暂的事情，大家如同往日一样散学归家，只有在离开前，会多回头看看校园一眼。而我，带着那么多良师益友的呵护与忠告，即将步入初中。

进入初中对于我并没有什么太大的影响，基本上所有的小学同学都升入了同一所初中。唯一有所改变的就是我被迫放弃编程而改学机器人。

还有一件对我影响很大的事情，就是我从一年级开始一直坚持学习的书法。我的书法老师是安徽省知名书法家谢道佑，升入初中后，老师建议我可以由楷书转学行书，可我对这件事情并没有什么感知，我在意的是，我之前学习的一切好像都被推翻了，我又要从笔画开始慢慢学习行书。由端正的楷书突然就变成我当时的那种七歪八扭的行书，让自己看着都非常的烦躁，我甚至想过听从旁人的意见继续学习楷书。但我的老师只是淡淡地告诉我：很多事情并不像表面上看起来的那样。就像是你觉得之前都白学了，可是从来都没有人开始学习的就是行书。到底该怎么走你自己看。

幼年时经常因为笔画练得不好被父母责骂，也说过再也不想学习书法的气话，那时父母以学业相逼，不学书法就不给我上学。如今却是倒过来我相逼于父母，不给我学习书法我便不去上学。

那样的痴心与热爱竟在岁月中无声地繁茂起来。我自然比不得那些后来走上这条专业之路的人，但是我的字依旧不曾丢我的脸。这个在灰暗的高考时期我都不会放开的东西，回首来，我淡淡地说着十三年的练字之路，惊艳到旁人的只有这时间的跨度。这背后的辛酸苦辣、欢笑泪水是无人领会的。也正因为略有体会，我从来对于手握一门技艺之人格外尊敬，因为我无法揣测他身后时间的积淀和耐心的磨砺是多么惊人。

在这条路上，给我最大信心的是我慈祥的外公。外公一辈子醉心于自学书法，母亲的书法技艺也是外公熏陶的结果。那日，他突然造访要看我练字，假日中我已几日未拿笔，写得生疏难看，连自己都看不下去，我不敢看母亲漆黑的脸，却听见外公说："小小年纪写得如此之好啊！"还拿起纸对我的字——赞叹。明明知道是刻意的鼓励，感动的泪水还是流了下来。

信心是一种最为珍贵的资源，因为它是挖掘其他资源的锄头。面对任何新的事物，都以初生牛犊不怕虎的精神去尝试，这样，才不会错失那样多的东西。

有时候真的觉得世界很小，小时候在谢老师那里学书法时结识的师兄黄韦达，后来竟然又和我出现在了同一个班级。

初中的课程和小学简直有天壤之别，尤其是英语实在是我的软肋。在第一次小测时，我甚至不会拼写"banana"这个单词，因此遭到了老师的奚落，并且被老师轻视了整整一个学期直到换老师。那段日子真的是很难熬，作为一个优等生似乎没有理由只有英语学不好，所以老师的白眼似乎是合理惩罚我对于英语的"不上心"。我也无法理解为什么我就是背不下那些只有二十六个字母组成的单词。

事实呢？人不逼自己不会知道自己有多大的能力。这一点让我不禁想到我初中政治老师的主张："我一直相信，如果我身边有三个人可以做到某件事情，那么我也肯定能够做到！我凭什么做不到呢？"

我就是如此，单词能背到说梦话还在背的地步，还有什么做不到呢？我从来不相信这世上有什么课程是我注定学不好的，因为，有那么多人都可以做到。但凡你目力所及的优秀之人，都是凭借自己的付出才得以有今日的成果，很多人用一个灰色的记忆去换取一身越来越璀璨的光芒。

记得那时见过一句略显残忍的话："所有成功的人背后都有着惊人的付出，但是付出的人并不一定都会成功。"这是一句令人很不安又无法否定的话，打破了小时候老师挂在嘴边的"一分耕耘一分收获"，甚至也不符合老师安抚我们的"厚积薄发"。有时候我也会迷茫：自己现在背的这个单词真的会考到吗？我现在绞尽脑汁算的这道题真的有意义吗？

但事实就是，凡有所付出，必定有所回报，只是在你眼中等不等价的问题。你认真学习了，虽然不至于名列前茅，但一定会有所进步，你背诵的古诗虽然没有出现在试卷上，却蛰伏在眼前的画卷里。这些就像是一种人生经历，一种缓慢的沉淀，在时间中酿出属于自己的芬芳。

初中的语文老师并没有叫我们写什么日记，而是叫我们摘抄一些好的句子、诗词和文本。这个习惯也陪伴我从初中到大学。摘抄本里有我的字，我的思，我的过去，还有所有书本在我眼前盛开的花。这是一个快速化的网络时代，很多事情都是从"百度一下"开始的，但是我渐渐发现这样的便利只会让人越来越懒，人们甚至宁愿错失那些知识也愿意借助网络。而网络总是一个瞬息万变的窗口，求助的事物难有确切清晰的答案，所以我还是这样深深依恋着纸质的书本。我知道，一个出口成章的人和一个不停百度的人，纵使他们给出相同的解答，他们的内在也是不一样的。

我至今还记得一些那时所撷取的精华：

"即使所有的青藤树都倒了，你也不能倒。即使所有的人都睡了，你也要醒着。"

"一片用心落下的红叶，足以醉倒整个秋季。"

那《雨巷》中的姑娘在每个雨季和我擦肩而过。

古旧的诗词被每一声雨落吟唱。

它们为我守护着内心的一片纯净，里面存放着最美好的世界。

同时，我的老师会花大量的时间每天请一个同学来分享自己的摘抄，甚至连我的高一老师也是有如此的规矩。回想起来真的是大有裨益，或许我会花一个小时看书，选中一个分享点，然后花更多的时间去做深入的了解，而这些结晶会在十分钟左右展示给同学。就这样，不同爱好的同学每天为我打开不同世界的门，带我去看最美的风景。他阅读的那些时间经历就这样分享给我，我便也如此加速了和很多美好相遇的时间。

数学开始变得抽象而复杂，幸好对我来说并不算太难。我甚至在初二的时候可以在晚上八点前做完所有的作业，变得比小学时还要清闲。那剩下的时间做什么呢？

在电话机边等候不同同学打来的求助电话。

我好像从来不觉得为别人解答问题是对自己时间的一种浪费。有时候，你可能只是掌握了一个套路，那是不长久的，在复杂的题目中很容易走失，如果你能很清晰地知道思路，并且掌握套路，我真的觉得数学没什么难的。

我喜欢逼迫自己凭空为同学解答几何的题目，作为训练自己大脑的任务。每天接电话时应该是自己大脑最为活跃的时候，各种斑斓的图案在脑海里盛开着。我知道自己的不足，所以去弥补，知道自己的长处，所以去锻炼。这样的经历在日后数学和物理的学习中给予我很大的优势，但我自己知道，这不是天赋，这是我自己给予自己的。其实这也是一种题海战术，只是我不需要将每个同学的教辅书搬回家，亲力亲为地做每一道题。我从来相信我同学的水平，而且从来不敢轻视，因为我知道他们只是没有毅力去唤醒那个更加优秀的自己。帮助他们也是帮助我自己，提高他们的同时，我也会接触到越来越有难度的题目，这可比我一个人刷题的效率高，况且，那时候我根本没有买过教辅书。

物理曾经是我的最痛，那些不可见的力和电在脑海里乱成一团。记得有一次期中考试后，我的物理老师找到我，他指着成绩单痛心疾首地对我说："你虽然总的名次是第一，但你看看你的物理，你看看，四五十名的人才会有你这样的成绩，你是怎么搞的呢？"

那真是一种羞耻，那种痛让我像一只蜗牛，轻轻碰一下就缩进了壳里，但是虽然缓慢怯懦，终究有一天我会重新探出头的。

那时我的母亲很想让我参加课外的补习班，但是我一直拒绝参加任何补习班，直到高三最后几个月为了安抚焦灼的父母才去了一个补习班。其实我的想法很简单，不懂的就问自己的老师。我至今还没有见过哪个老师能一针见血地说出一个学生学科薄弱的原因，更何况是课外一周见一次的老师？最懂得自己的便是自己，只要放下所谓的面子去请教，就可以得到详细的解答，何乐而不为？至少我在衡量利弊时，问一个可能弱智的问题大家也只是一笑而过，而一次丢盔弃甲的考试，会败坏自己很长时间的心情，我的选择也是显而易见。

就这样我开始了辅导自己物理的历程。首先我去书店为自己挑选教辅书，从来没有自己买过教辅书的我差点被琳琅满目的书吓退。略微翻看，基础的内容都差不多，很多看上去权威的"真题"连答案都一字不差。所以我更加关注一些其他类型的书，我偏爱将抽象事物图解的书籍，因为它对于我来说可谓是对症下药。

随后我就开始老老实实的预习、听课、复习的过程。学习其实真的没有什么捷径好走，有时看着那些十几天便可以提高成绩的广告，心中也很是疑惑是否真的有效。幸好身边各种各样的同学，真的有去购买这些书籍的人，开始他还兴奋地说真的有效，我便略微留意些，发现他确实从末等前进了些，便再也没有前进过了。偶尔想起，学习真的算是难得既重要又相对公平的事情。

我会把每一节课的知识点借助教辅或笔记整理成一条明晰的线，然后在做题过程中尝试对应的解题步骤和知识点，这样既有助于熟记那些相关的知识，又可以在错误中标注出属于自己的难点或者容易遗忘的地方。

还有一种东西比较常见，那就是什么背诵口诀，虽然也是押韵简练的，但似乎总是不合我的胃口而不被大脑所接受。所以，何不联系自己的经历创造出属于自己的记忆方法呢？

比如什么并联串联傻傻分不清楚，串联就是校外孩子最爱的麻辣串，少了一个的话谁也不想买（电路坏了）；并联就是每天并肩回家的好伙伴，有什么好东西大家一起分享（电流分流）；如果哪天谁没来上学，一个人也是要回家的（电路完好）。

很多人都知道适合自己的就是最好的，但大多数人只是以此斟酌自己的选择，而忘记了亲自去打造最适合自己的。

我和物理的这一场战争，以我是班上唯一一位做出黄冈中学题目，在老师出乎意料又觉得情理之中的眼神中，暂时落下了帷幕。

有一句英文名句叫：Attitude determines altitude（态度决定高度）。而所谓的态度，在我眼中就是小学六年所给予我的习惯和自我要求。

记得有一次化学老师一晚上布置了三张高中的试卷，这种具有挑战性的题目正中我下怀，加之毕竟是老师布置的作业，我坚持熬夜完成了这三张试卷。然而第二天课上，竟然只有我一人写了作业，原因在于没有人把这么多并且是口头布置的作业当真，我不理解大家，大家也不理解我。下课后，老师和我继续讨论那些我无法解决的问题，忽然感叹，如果你能坚持这样，在哪里都不会差的。

吃得苦中苦，方为人上人。这话流传千古并不是没有道理的。如果你觉得它欺骗了你，那一定是你吃的苦还不够。

　　课本知识的学习总是因为方法和习惯的问题而显得难有长进，其实更多的学习是在生活中，只要不被生活击倒，就可能有所收获，至少不会变差，就像是一首歌里唱的，"你可以重重把我给打倒，但是想都别想我求饶。"

　　遵循父母的安排，我从代码编程转战到了机器人编程。开始时我很不屑于机器人的学习，因为相较于复杂冗长的代码，机器人的图形编程显得幼稚可笑。但是，事情没有想象中那么简单。

　　如果大致划分，完成一场机器人比赛大概需要编写程序和搭建机器两个部分。两者需要相互迁就，即使有很好的程序设想也需要搭建所需要的零件，即使有相对完美的机型还是需要不断调试修改程序，这就是我所经历的第一个彼此休戚相关的团队。

　　虽然说之前也参加过很多所谓的编程团体赛，其实也就是独自战斗，最后把一些同学的成绩归总作为一个团队的成绩，这样彼此之间的影响并没有多大，我们其实还是为了个人的奖状去奋斗，那张团体奖状只关系学校老师而已。但是机器人就不是这样，不能够完成任务，所有的人都会失败，没有人会特意颁发什么最佳程序奖或最佳机器奖。

　　开始时我难免有些牢骚满腹，我修改程序的动作很快，而搭建机器却是漫长的过程，我和队友分得很清楚，她只会搭建，我只会编程。对于我来说，程序的调试不再是简单的电脑运行，而是一次又一次操作机器，并且实验的效果会受到位置、地面光滑度等各种随机因素的干扰。对于队友来说，同样一套程序，有时成功有时失败，也不知道如何修改程序，只好不断寻找最佳的位置启动机器人。

一件看似简单的搭好机器、编好程序的任务，却在一次又一次实验中得不到完美的结果，程序和机器都在不停地微小改动着，以求得最佳的配合效果，这也是我和队友们彼此配合的漫长过程。渐渐地，我们开始彼此涉猎对方的领域，这样修改就进行得更加顺利。一直到比赛的前一天，我们还在学校的训练室忙活到十一点钟，出门看见整个寂静下来的校园，那个为比赛而紧张的就要崩溃的心，忽然就沉淀下来了。这就是自然的力量吧。

第二日，一赶到比赛场地，我们就开始了最后的调试。原本眼中几近完美的磨合却出了大乱子。这里崭新的比赛场地和学校里被频繁调试磨损的场地，无论是摩擦力还是物品放置的些许不同，都导致机器人像无头的苍蝇在场内乱转。比赛将近，我和队友们都是一边双手颤抖一边进行着调整，然而，垂死挣扎，却难以力挽狂澜。

其实败北的结局从现场的状况来看是不出意外的，但是这样的结果却从来不曾出现在我们这些奋斗至深夜的队员的预料中。踏出比赛场地，外面阳光灿烂，春花正值浪漫。我开始号啕得像全世界都欠了我一样，我那时候很天真地控诉：我从来没有过付出那么多，却没有一点回报！

那个时候，我并不知道这样的事情稀松平常。就像全世界数以万计的人在从事同一项体育事业，而奥运会的冠军却四年仅有一位。我当时满脑子充斥的就是：这不公平！这不公平！这对我一点都不公平！

但事实证明，比我们名次高的人确实也是实至名归，而我们自己也可以通过各种各样的手段来避免更换场地带来的烦恼。老师并不是新手，自然早有预料，但他选择故意让我们吃一次亏，不然不知道痛的我们，永远懒得去做到细致得万无一失的准备。

两场比赛之间的时间不多，而我们几乎是要从头开始，那样没日没夜待在训练室，为了一雪前耻而努力。为了比赛我们甚至购买了一个崭新的场地，用以进行为数不多的测试。

之后的省赛，可以说在两天里教会了我可能两年后才能懂得的东西。

我们的队伍是自己凑钱买了透明的储物箱，将机器人尽可能完好地带到比赛场地。然而，被安排在邻座的学校，刚一到来，就整齐地拿出六个便携式保险箱，存放着机器人的主机和各个辅助零件。那六个保险箱就这样树在他们的位置前面，银色的箱子就像是贵族一样高傲。那时候，笔记本电脑还显得弥足珍贵，我们两个校队的队员中刚好有两台笔记本救急，而邻座的学校却人手一台电脑，摆得桌子上满满当当。

实在是舍得花钱啊！连老师也不由得感叹。据说是从外地买回来的超级机器，所以才如此保护，而他们似乎也不把任何人放在眼里，优哉游哉地备着战，偶尔还"低声"讨论着我们的简陋。

正所谓之前的耻辱和伤痛还没有愈合，就被人狠狠地撒上一把盐。但我们都很有默契地忽视那些若有若无的挑衅，开始紧张地备战，我们的目标没有多大：不要重蹈覆辙！

比赛进行得还算顺利，至少记忆中没有悔得肠子都青的事故，我们就这样顺利地通过了。其实，我也围观了那一群"贵族"的比赛，确实机器和程序都非常的优秀，但是也不免存在所有人都有的新场地不适应问题。于是，就可以看出区别了，一旦调试出现问题，我们很快就能更改过来，而他们，不敢乱动那些购买来的复杂零件构造，也要当场翻译程序语句来寻找更改的地方。最终，他们还是败给了我们。

我不是在自我表扬，也不是想说什么贫穷却勤劳的孩子最终会战胜富家子这样的童话。随着年龄的增长，人不得不承认，钱是一种非常有用的资源，但如果只有这种资源也只会一事无成。就像我遇见的这个对手，他输并不是因为他们财大气粗到处显摆，仅仅是因为他们没有预料到要自己改动机器。

很多时候你遇见的会是让你气到牙根痒痒却无能为力

的人，就像是现在存在的仇富现象。对于这种事情，你能如何？逞一时口舌之快，别人毫发未伤，你却是气得红了眼，还会影响自己的心态。这个世界上就是有种种不公平，这是你必须承认的，主张公平的人都是不公平的受害者。如果将希望寄托于强者集体主动帮助弱者，那同幻想着资本家良心发现的空想社会主义有什么区别？都是不可能实现的。

我要做的，就同当年一样，尽力做好自己能做的，去和那些人一比高下。输了就是输了，没有任何借口。什么他比我富有，他比我更有经验……如果把这些全都变成一样的，你和别人还有什么好比较的？

所以，追求财富无可厚非，但是希望他们不会同孩童一样以为花钱就可以完成一切。我不能抱怨，不能等着好心的富人随手资助于我，我也要变成强者，一个不输于任何人的强者，这样的梦想从未消失。目睹越来越多的不公平，只会让我更加奋发。

初中组的比赛结束以后，便是高中组的比赛。我至今记得那位学长，原本每次比赛都有两分三十秒来完成任务，而他却只用了三四十秒。两次比赛都是用这样惊艳的表演完成的，我甚至来不及思考他是如何做到的，就连裁判也不由钦佩地笑了。

所有人都觉得冠军已经是他的囊中之物，无论是比较任务完成的程度还是所用的时间，只有他自己一脸严肃，像是犯了不可挽回的错。裁判正在进行最后的统计排名，我甚至可以看到他因为紧张而颤抖的身躯，我不由得上前安慰他。

"不！最终的结果没有确定之前，千万不可以放松！我之前就犯过这样的错误！你也要记得。"他艰难地抬起头，露出万分痛苦的表情，将这句话刻在了我的脑海里。

当裁判走过来祝贺他时，他依旧没有放松，直到裁判将结果广播全场之后，他才松了一口气，坐在椅子上，露出了属于胜利者的微笑。

我从来没有问过他究竟如何犯过这种错，但看他的反应，一定是花了不小的代价换来的教训。既然他肯大方授我，我又为何不接受呢？

知道了这句话后，我的生活中忽然涌现出了许多证明这句话的事情。因为它不仅仅是人生的经验，也是一种角度，可以带我看见许多之前看不见的东西。所以我并没有把很多路过我生命的人留给我的教训作为至理名言，誊写背诵，而是在我经历某件事情时，它们就会主动闪现出来，为我引路。

初二的时候，我又一次参加了比赛，这一次，又有新的收获。

比我们小一届的学弟也来参赛，他们用的是完全仿制我们的机器和程序，直到练习时间，我大概扫视了一下其他队伍，才意识到一个严重的问题：我们最大的敌人可能就是学弟，也就是我们自己。

同样的机器，同样的程序，同样的训练，我们之间成绩的差距只有失误和巧合才能知道。

我的队友显然也意识到这个问题。她简单和我合计了一下，便在为学弟检查机器时微微松了一个零件。学弟们只是单纯模仿，所以既看不出问题所在，也不知道如何补救。而对于我们也只是一个赌，一个可能会有问题的零件到底会不会影响发挥？没有人知道。

接下来的时光，大概是我人生中最为漫长最为难熬的时光。我们不敢看他们练习的结果，对于他们的求助也是敷衍了事，那时候真的后悔怎么会允许另一个自己出现，让现在的自己无比为难？

稍微冷静下来我又开始不安，学弟是遵从老师的意见进行仿造，我们也是同意，并且一直给予帮助的。学弟们训练的积极性一点儿也不输我们。然而，他们终将落败，败在同校学姐的小动作上！我想起来一年前的自己，我开始进行激烈的思想斗争。

我要舍弃一个冠军去换我的良心吗？

事实上，我选择了换，因为我坐在准备席上，内心几近崩溃。我在临上场前背着队友为学弟做了最后的机器检查，顺便将改动的零件复原，然后尽可能平静地走向队友，说："他们赢的概率还是很大，我们还是不能掉以轻心。"

队友点头表示同意："尽力完成任务并且缩短时间！"

两个一模一样的机器就这样同时展开了对战赛，开始时还会分心对面的任务完成情况，但是很快，所有的神经都紧绷着，看着机器完成每项任务，并且时刻准备着配合拆换零件，直到全部完成后，我才松了口气向对面望去，对面的学弟还未完成任务。那时候我和队友才放心下来，因为即使学弟也全部完成了任务，那么比较完成时间时还是我们略胜一筹。后来，我才知道，学弟们并没有全部完成任务。

我也才知道，就算一个人拥有和你一样的一切，也不要害怕，不要妒忌，不一定会输的。而从那以后，但凡遇见会让自己良心不安的选择，我就会想起那天，还会想起幼年时作弊的经历，然后我就会坚定地维护自己的良心，无论会付出怎样外在的代价，我只求夜夜安眠。

随后，在省赛中胜出的我们即将前往北京参加国赛。那并不是我第一次去北京，但却是我第一次离开父母，和一个团队，前往另一座城市。

我们的比赛地点位于北京工业大学，我们被安排入住学生宿舍。那是我第一次如此亲近大学的生活，这样的感受同游览校园是完全不一样的。

我第一次来北京是为了参加一个全国书法比赛的现场决赛，当时是母亲带着我坐了一天的火车奔赴首都。

为什么即使是在交通工具极不发达，一次远门都要用

"年"做单位，一路上风餐露宿，医疗条件极差，无数人死在路途的古代，人们还是极为推崇"读万卷书不如行万里路"呢？

很多人给过不同的答案，对于我来说，那些人曾经告诉我：博大无垠的海能教会人包容；巍峨高耸的山能教会人坚强；清凉柔弱的山溪诉说执着；沉默不语的兰花自有幽香。可是这些都需要人生阅历和些许灵性感悟，有些人能触发出思想的火花，有些人能记得瑰丽的画面，有些人却只是在地图上打个勾。

相比较自然软性的启迪，城市和社会就是那样强硬地闯入我的世界。它们逼着我从童话中醒来，看看世界是怎样的，这就是人要行走的原因吧！要想刻骨铭心，得感受下人外有人，自己才会不懈地努力。

在此之前，我的毛笔字大概算是同龄人中的佼佼者，虽然也默默羡慕着师兄和老师的字，但是我并没有紧迫感。一切就像是顺理成章的，别人学的比你晚或者年岁比你小，写得就肯定不如你吗？

这样的错觉直到我入住主办方安排的五星级酒店为止。其实五星级酒店一直就像是一个遥不可及的童话，在那个时候，家乡省会最顶尖的酒店也达不到五星级，就算有，一般市民也不会去感受，而主办方大手一挥就将我们全数安排在这里。

147

在膜拜完五星级酒店的豪华房间和自助餐后，我可能也仅仅有点物质上受挫的感觉，但是回过头来，则是精神上的重创。

我的竞争对手中有一群特别的人，那是一群我分辨不出年岁，甚至开始时分辨不出性别的尼姑。她们不是主动出家，而是寺院从孤儿院收养的孩子，她们眉清目秀，最令我羡慕的却是，那一手超凡脱俗的字。这当然只是前奏，作为一项全国性比赛，遇见的高手比比皆是，这本来就不是依靠学习的时间来论资排辈的事情，不然也不需要这样一个现场比赛了。所以当我仅仅以一等奖的名次而与特等奖无缘时，我输得心服口服。

后来，我从来就没有满意过我的毛笔字，虽然也曾被人背后中伤为虚伪的谦虚，但我眼中真的总是不完美。我总能想起那一群才华横溢的人，他们已经走到了多远的天地，而我，又怎么能自我满足地停下？

我一直以来都沉浸于学习和艺术的世界，一个是义务中萌生的兴趣，一个是兴趣中萌生的义务。而它们最迷人的地方，就是这里是个实力相对能说上话的地方。记得高考前老师略带忧伤地说："这可能是你们最后一次考验实力的测试。别笑，以后你们就会认识到这一点的。"

中国有论资排辈的传统，在升迁和奖励中体现得尤为明显。但有些事情还要凭借实力，比如说学习。就算我是个次次年级第一的孩子，在中考时失利，也是万劫不复。当然也有人问过我，万一一辈子就那场至关重要的比赛输了怎么办？我只想说，你有那个实力，却没有获胜的心态资本。有时老师会说心态比实力更加重要，但事实是它们相辅相成。

有些时候我们很迷茫，就像童年到底是选择搪塞作业再订正作业的恶性循环，还是认真做作业减免订正作业的良性循环。首先有实力的人心态也不会太差，准备得越充分，上战场时就更加勇往直前。而实力不够的人，在考试前仍然紧张兮兮弥补知识点漏洞，又怎么会相信自己能考好呢？开始时，我还会在意一些"竞争对手"的表现，看见他们淡定自若我心中就会一紧，但是还好我有绝对的优势，这样的心理斗争虽然影响到成绩，却还是优于他们。

这样的实力优势确实挽救了些许心态问题。当我紧张时我就告诉自己，自己再差也不会比他们差，我有这样的经历，有这样的自信。而后来更好的药剂是关注于你自己。

你手上拿的是一份全年级分数最高的数学试卷，但是丢分的那个地方只是因为一时疏忽，那么这依旧是一场败仗。你手里拿的是一份羞于见人的英语试卷，但所有的题目你都是尽力去完成，那么订正的课堂将是你饕餮知识的时间。

其实在第一这个位置待久了人会发虚，你会看见别人一脸狰狞在追赶你，而你自己不知道该怎么继续跑下去，因为缺少具体的目标。有时候会觉得"超过你自己"这句话也非常的虚，但是，也非常实际。

就像是这个周末赖床到十点才起床学习，下个周末就激励自己九点起床，最后成为一个每天早睡早起的人，这样看上去似乎是没有什么表面上的进步，但是，坚持就是进步。

就像我第二次来北京，是为了这一场机器人比赛。我的家乡也有大名鼎鼎的中国科技大学，那所大学完全开放式，到处都是公园一般的景致，虽然多次出入这个学校的地界，却从来没有接触过大学的实质。而这次，我就像一名学生一样，被主办方安排在北京工业大学的学生宿舍。

相对于第一次在北京的住宿条件，我难免略有微词。空荡的学生宿舍显得破旧而萧条，但当我卸下行囊，走出房门，却看见一个极为广阔的世界。大学最重要的特点就是"大"，在还没有熟悉学校期间，每天我和队友都会迷失在寻找食堂的道路上，这就是一种无形中的震撼。这里包含了太多的建筑，而建筑的背后是知识的海洋，行走在其中，总会有一种莫名的向往和敬仰。

那时候还没有经历过高中的住校生活，所以生活上好像总是乱糟糟的。每天奔波在硕大的校园内，一不留神就走错了路，但是我们的主要任务是比赛，而不是像什么夏令营一样观光，所以，记忆中最多的，还是那次比赛。

如果说在省内比赛时我就被竞争对手的一排排保险箱吓倒，那么这里更是让人大开眼界。如果说从前老师说一道题可以有多种解法，我总是嗤之以鼻觉得不过是投机取巧，而且总是极为懒惰地掌握一种方法，觉得并无什么不妥，那么现在我必须承认我错了。

机器人比赛是在规定的时间内完成若干个任务，大家的任务是相同的，但是你如何搭建机器人，如何解决每一个任务，就是你自己的事情了。

大体上来看，我们的机器人是扁平式的，我们笑称为"蛤蟆机"，而有的团队上来就是个巨无霸，让人看不清楚构造。这就好比是做同一道题，有的人三两句就写完了，有的人要十几句才能结束。再细心观察每个人完成任务的思路，你就会知道这个世界远比你所认为的要丰富。印象深刻的是当时我们有个完成率极不稳定的任务，就是把一个北极熊的模型从出发地安放到指定位置，而且要求北极熊呈直立状态。我们所想的办法是用类似于铲子一样的东西来完成任务，但是机器在不同电力下的力量不同，有的时候会把熊甩飞，有的时候会把北极熊又带回来，当然最糟糕的就是把这样的道具丢落在路途中，因为按照规则，那只北极熊的任务我们无法得分，同时也可能成为完成下一个任务途中的绊脚石。所以我们不停地在测试这道程序，结合电量的消耗，修改任务的顺序，期望把这个失误的可能性和代价降到最低。

在这个时候，我忍不住看了看其他场地调试的机器，发现有的人利用一个大大的框子，直接把北极熊架在上面送过去，这样等机器退回去，框子下坠，北极熊直立并且沾地。有的是利用齿轮的升降，稳稳地将北极熊放在了指定地点……略微看了一圈，突然觉得自己就是一只丑小鸭，我们的方法实在是有点蠢，也很不稳定。

现在想起来，不过是每个人的思路不同。当时在研读比赛规则时，我们是这样考虑的，真正高层次的较量就不是看看你得的分数高还是我得的分数高了，无数次的重复下，每个人几乎都是以满分完成任务，所以同样的分数下，需要比较两队的用时长短决定先后，如果连时间也相同，那就比较两个机器的重量，轻的为胜。所以从一开始我们的目标就是尽可能直截了当地解决任务，用最简单的搭建和最快的速度完成任务。所以我们手上用的是快速轻便的机器，但是稳定性需要人为地去调整。

现在回想起来，也有些自嘲当年的自负。很明显很多人用沉稳的大体型机器和复杂坚固的辅助来提高自己获得满分的可能性，而我们带着极不稳定的机器，已经开始想着满分之后的事情。就像有些办法看似步骤简单，却需要在头脑里面转好几个弯，老师说出来时总是惊艳全班，而自己就是老老实实写了一堆的步骤，方便自己检查，却也可能在繁杂的计算中走错。

比赛时一个团队只能有两个人入场，我们的战友只能坐在站台上为我们捏一把汗。两个人艰难地带着机器和电脑穿过人群，找到属于我们编号的位置。从来没有和对手挨得那么近，总让人有一些危险感。

队友匆忙拿着机器去抢占场地进行调试，而我打开程序后正要赶去，突然收到了老师发来的短信："离开电脑时一定要设密码，防止别人改动程序。"

这句话突然把我带回到小学六年级。那时候我还是在学习编程，市级上机比赛时，所有的程序都储存在指定的目录。一场酣战后，回校的路上，我的一个队友突然带着哭腔对我说："我在出考场时，把我旁边那人的程序全部删除了……我是不是太坏了？"我还在因为这句话发懵，她已经开始浑身颤抖。其实她并不是特意针对邻座的人，她只是下意识想要维护自己的利益，想让自己的胜算更大一些，而我却突然担心自己程序的安危，从来没有想过会有这样的事情发生。

就像是现在，原本一心就要去调试的我，却为了程序的安危而不得不停下脚步。原本没有想过的事情，突然就萌生出来。有些时候人们好像总喜欢天真单纯的模样，但是这样的人最容易受伤。古语有言，"防人之心不可无，害人之心不可有。"

还有一句话有异曲同工之妙，是"慧极必伤"。它的意思是聪明的人总是能看见太多太多潜伏着的危险，这样他们就会不自觉地想方设法去排除那些隐患，这样耗时耗力还过度用脑的事情，早晚会对他们自己造成伤害。

后来，这样的事情也屡见不鲜了。原本以为只是存在于小说里的钩心斗角，那些失踪了的重要笔记，那些莫名少掉的生活用品，原来都是真实发生的。开始时会异常愤怒，后来想想自己在调试的时候也曾利用过外貌优势，混入到小学组的场地练习，也就觉得或许可以得到理解吧。

再后来，我就明白，每个人都是为了自己的利益，哪怕是亲人之间。而我能看破，只是为了事发时自己不会那么难过，只是不希望自己成为受害者。

我也曾眼睁睁看着一个人对另一个人下套而袖手旁观，但我那时候还是那么天真，就像我的同学一样，颤抖着去问朋友："我是不是很坏？"

她说："你开什么玩笑？使坏的又不是你！"

就这样和周围的每个人明争暗斗，拿出最强的气势压倒对方以求得调试的机会，终于到了比赛时间。

那个时候还太年轻，没有经历过高考，甚至还没有中考，编程的经历与成人的世界相比只是管中窥豹，但是压力和竞争，这些残酷的流血流泪的东西真的比什么都能使人成长。那个时候，我和我的队友大概就像两只警觉的豹子，和周围所有的人保持着安全的距离，直到我们站上战场。

我们的程序极为精简，两分半的时间限制，我们一分四十秒左右就可以完成。那个时候真的觉得自己就变成了机器，手上拆换零件的动作已经不需要大脑来指挥，眼睛里全部是机器执行任务的身影，耳朵边充斥的是自己的心跳，热血上涌，全世界都躁动不安起来。好在我们寄予厚望的机器人平稳地完成了所有任务，让我悬着的心终于落地。比赛结束后，我和队友轻轻握了一下手，相互安抚我们俩因颤抖而不受控制的手。

很快展示部分的分数就出来了，我想着学长之前的话，一直紧绷着没敢放松，直到宣布成绩。刚刚想松一口气，突然场下有人举报，说我们违规使用可充电电池。那时候真的觉得学长神了。说来我们并没有想过充电电池这一点，机器人的电源不是普通的电池就是官配的电板，可是普通电池的电量不稳定还非常浪费，因为耗电量太大。电板的缺陷就是比装电池时要凸出很多，不太适应我们的机器，所以我们一直使用充电电池，既环保又可以控制机器电量，好像是顺其自然的。我和队友被突如其来的指控弄得呆若木鸡，就这样松手把机器交给主席团检查。就在这时，我的恩师从看台上闯下来，翻过分割板，拿着这次比赛的详细规则，指着里面的某一句话，坚定地说："这是规则允许的。"然后看着我们，柔声说："不会有问题的。"随后便和主席团的人交涉去了。

我侧眼微微看了下那个被画满了记号的规则，眼泪就流了下来。并不是被这样节外生枝的刁难吓到了，而是因为我的老师。他一直以来从不直接干预我们机器和程序的设计，只是训练时在场看着我们，如果我们有疑问才会解答。曾经有队友流着泪对他嘶吼"其实你根本没用心管过我们！"现在这个人，坚定地站在我们旁边，有力地维护着他的学生。

这大概就是老师，一个润物细无声的老师吧。

那天，我们一起对看台上的同伴表示没有问题，然后一起退场，那时，他说："以后这些事要靠你们自己了。"

比赛完后是团队答辩。因为不错的比赛成绩，我们都是轻轻松松地来准备答辩，即使我们谁也没有经验。但是候场的时候越看越紧张，有些团队带着巨大的模型、海报等五花八门的东西进入面试室，而我们只有朴素的材料和刚刚险遭分尸的机器。那个时候，我觉得我们真的是太卑微了，所以其他团队趾高气扬地路过时，我好像都能听见些许嘲笑。幸好，我也有一支团队，我还有人陪。

进去面试时，先前的问题都比较简单，大家相互补充着阐述观点。后来有个裁判问我们为什么要分析电池电量和任务完成度的关系，从而分析 88％ 的电量下最为适合？我们也就如是阐述了一下我们的实际情况，那个专家听后，冷笑一下："你们是来夸耀自己的科学性吗？"我们很是不解，这只是日常调试的正常记录和分析，怎么就成了夸耀？最终辩论的结果就是没有结果，我们个个心情沉重地走出来。

老师听后却好像没怎么放在心上，劝慰我们已经尽力完成到最好了，现在，该去北京城玩玩了。

后来，在无数次单人面试时，我仿佛都能感受到那些队友的存在，我们充满信心，不畏惧任何刁难。出了门就忘记自己的表现，忘记别人浮夸的表演，继续做自己的事情，不会被扰乱的舞步，最优美。

我们是在等候大名鼎鼎的北京烤鸭时，接到了荣获一等奖的电话。那时候并没有想象中兴奋，而是象征性碰杯祝贺，就像是一部情节跌宕的电影，结尾却是余味悠长的落日。

这次事情之后我最为看重的就是曾经嗤之以鼻的规则。那时候我知道的规则没有私底下盛传的潜规则多。确实，中国的一些传统催生了所谓的"潜规则"，但是他们终究是"潜"规则，如果你手上拿着正大光明的规则去和他们比拼，胜算很大，但是如果你赤手空拳用道德去约束，未免天真了些。

其实这些规则就像是社会上的法律，如果你有这个武器并学会使用，很多事情就不会是那样。可是人们总喜欢用道德这种软性的东西去强制猛烈的欲望，于是总是落败。

告别了北京，告别了机器人，转眼我也要初中毕业了。其实学习总是一种看上去很玄妙的东西，有的人看似漫不经心却能名列前茅，有的人刻苦努力却还是平平庸庸。有时候我自己都不清楚我是哪一类人，也曾经在落败的时候气急败坏地叫嚷过不公平。后来，有一样东西将事实证明给我看。

那就是体育考试。

作为和跳绳皮筋说再见很多年的女生，大家对于体育考试都是惧怕的，每次跑步都有很多人趁机溜到厕所避难。当然那些看上去生龙活虎的男生，也并不怎么欢迎体育考试。跑步、仰卧起坐、铅球、跳远和跳绳，这些都成了每天体育的必修课程，这看似是比拼身体素质的地方，但谁说毅力就不能催生改变呢？

我自恃体弱多病，便想着偷懒，顺便也和父母撒撒娇，表示我一定用卷面成绩去弥补。我妈也没有一口回绝，她只是告诉我，上届的状元，那个有些胖胖的邻家姐姐，她的体育就是满分。

于是我明白了，开始再一次对自己发狠。

练习的过程枯燥而乏味，并没有什么可以说道的，就是逼迫自己坚持，去做自己知道是正确的只是会有些辛苦的事情而已。后来我的体育考试只丢了一分，跑完步我整个人就跪在草地上开始呕血。

其实这不是个案，因为我体育薄弱，难免就会注意到更多的同学。我发现那些成绩不怎么好的人，刚开始训练时什么样，后来也就勉强什么样，而成绩优异的人进步却非常突出。还记得我有个同学，我们从小学就认识，虽然是个女孩子，但是身板特别硬，坐位体前屈和仰卧起坐对她来说都特别困难。后来我渐渐发现她进步之大足以令我瞠目结舌。后来我也听说，她在家让自己的母亲硬生生掰弯她的腰，疼得忍不住哭还要叮嘱母亲不能心软。

我曾经被人讽刺过："你们这些优秀的人，做什么事都成功，怎么能理解我们的生活？"其实优秀的人又不是天赋异秉，什么东西一点就会，只不过有了优秀的习惯，有了坚持的态度，所以会做得好一些。

中考前，我开始破例熬夜写作业，而母亲极力反对我如此伤害本来就不太好的身体。她也做出了巨大的牺牲，每天一到十二点就拉闸收书，不让我多写一个字。我也曾想过半夜偷回作业，但不是半路睡着，就是被母亲发现。那怎么办才好？我只能利用每一点闲暇时间完成作业，抛开本来就事不关己的八卦新闻，抛开班上风云变幻的人际关系，结果就是，我一般在八点钟就可以完成原本要拖到黎明的作业。那个时候才知道人的潜力是个多么可怕的东西，才知道，我好像没有理由说自己做不到任何事。

告别了家门口的初中，我选择了一个离家很远，几乎没有认识的同学，住宿条件也很一般的高中。那时候是有一点点想独立，想重新开始新的旅程，当然最重要的是我太了解自己身上"人性的弱点"了。

在太安逸的环境下，人会不由自主地懒惰懈怠，这样的行为会由生活蔓延到学习，至少我分不开它们。所以我一狠心就把自己扔在了这个荒郊野外的年轻学校。后来，我并没有后悔，因为它同我一起经历了蜕变。它变成了一颗璀璨夺目的明珠，我变成了安之若素的自己。

高中是个太过虚幻的词，特别是当我选择了一个如此陌生的新环境。我那时偶尔也会心血来潮规划一下未来的旅程，结果全部被高中这个黑洞吞噬，就像是人生这趟列车，在高中的入口后，驶入一片大雾之中，我总担心随时会驶入悬崖。

是的，那个时候的我，居然有些厌学。

我坐在完全陌生的教室，四周是号称来自全省的尖子生。我有些怯懦，觉得此生大概和"尖子生"一词无缘了。带着壮士一去兮不复还的悲壮心态，我参加了学校组织的开学考试。

虽然事先接到通知说会有些高中部分的知识，但是这样一份几乎没什么把握的答卷，还是深深伤害了我。我沉默地坐在位子上，全神贯注地倾听周围人的讨论，一边还在心里不断下调着自己在这里的位置。

就在我快要被自己幻想出来的卑微所扼杀时，成绩公布出来了。我麻木地挤进人群，第一次略带着嘲讽的从最后一位开始寻找我的名字，然后，一直到，第一位。

对，我的入学考试是第一名，这是我高中唯一一次年级第一，我不是什么远在天边的不败神话，我只是个人生有起有落或许有些出彩的女生。

那个时候，班上的人彼此还不熟悉，没有多少人知道我的名字。我听见他们在叽叽喳喳议论我的名字，我突然就抑制不住地笑起来，然后一脸淡然地退出人群，回到座位，重重地舒了一口气。

高中，似乎也没有想象中可怕。

后来遇见了比较窝火的事情，不知道班主任是不是复古到重男轻女，他总是把成绩第二名的一位男生当作第一名来夸奖，对于第一名的我却是轻描淡写。我默默坐在位子上看一些同学小心翼翼地为我打抱不平。其实学习也没有什么可以痛苦的吧，优秀总是百利而无一害，而平庸也不过是如水般平静的生活。

想通了这些以后，我差点被无尽未知所扼杀的自信终于挽救了回来。所以后来我也就不会做那种自己吓自己的事情，就好像还没有上战场就已经弃甲曳兵的士兵。所有的事情，想要打倒我，那就先过招，哪怕真的一拳打中了我。不同的拳杀伤力还是不一样的，更何况，我还可以反击，不是吗？

高中的生活就这样勉强走上了正轨。但是还有一个新的问题摆在眼前，那就是住校。住校对于我来说，最不好的一点就在于可能会被室友的作息时间影响到。有的时候你中午想午睡，别人却哗啦啦地洗着衣服，早上六点就被勤劳的同学所惊醒，睡眼蒙眬中对面学霸的书桌总是灯火通明。

为此我真的很烦恼过，甚至和室友不欢而散，这样的坏情绪每天都在心底积累，无数次想从床上一跃而起暴走一通，但每次都是忍忍就渐渐睡了过去。这样的矛盾，终于在某一天爆发。那天我一时兴起，打破平日规律回了寝室，然后看见我的室友堂而皇之打开我的柜子吃着我的东西，拿着我的本子写着她的名字。我并不是什么特别的好脾气，但总归是个大大咧咧的人，对于自己的财物向来不上心，于是我就当作第一次发生这种事轻描淡写地放了过去。

第二天，她被人抓住，这次是偷到隔壁寝室去了。数罪并罚东窗事发，那时候我才那么义愤填膺，愤愤不平，觉得怒火都要把班主任的办公室夷为平地。那个女孩死不认错，说她只是喜欢我的本子所以写上她的名字，饿了才去找吃的。她家有亲戚在学校，班主任简单地替她道了个歉，对我们所有的受害者下达命令："无论如何，你们今天必须原谅她。"

这是让我爆炸的导火索，一个犯了错误都不承认的人我凭什么原谅？老师用了很多理由，什么"女孩子的名节不能随便坏"，可这是她自己做的好事，又不是我故意抹黑。或者是"你干吗要为这种人给自已不愉快呢?"就这样被逼着原谅我才是不愉快的!还有"她可能就是有小偷小摸的毛病,你就可怜可怜她吧"。我就纳闷了,身为受害者,我连不原谅的选择都没有吗?道德绑架?

最后的不欢而散在多年后老师依然记得,那么多的受害者只有我下意识的拒绝原谅,并且到最后也没有妥协。他说他那时候看我,心底里是很喜欢我这样的个性,但是总害怕现实中我会因此吃很多苦头,所以总是想"软化"我,但这三年我看上去也过得不错,他也就随了我。

我想,他大概不知道,虽然是几乎失去理智的争执,每一句话我也都会思考。比如我从来没有拿这件事情来大肆诋毁那个女生,因为我听进去了,要爱惜一个女生的名节。

那件事情后我大概树立起了一个比较强硬的形象,所以寝室的生活莫名顺利起来。其实现在想想,大家也都会彼此磨合。后来我在高二新班级遇见了一个女生,是个大美人,每天都起得晚,还要梳妆打扮很久,把寝室卫生弄乱,以至于牵连整个寝室做公卫。因此她总是被排挤,哭丧个脸从这个寝室换到另一个寝室,那时候我觉得她大概会永远这样吧。但是,高三再见她,已是每天早早起床,精神抖擞地来上学,好像还变得更加漂亮。

这就是一个并不舒适的环境所造就的人,你蹭破了皮流了血,最后变成更好的自己。

　　初中时遇见一位极为早熟的女孩，她拒绝和所有人交朋友，因为她觉得每个人都带有索取的目的前来，特别是当上课代表后，她每天看上去都想逃离这个班级。而我，也不是人缘特别好的人，总是抱着不交朋友的准备来，带走一些十分珍贵的友谊。

　　其实在住宿的环境中和朋友相处的时间多了，不仅仅是在课间，更蔓延到三餐、洗澡这样的生活中。我们彼此更容易建立感情，也更容易产生矛盾。有时候，我们甚至把自己困于友谊和学习的选择中。

　　我高一的第一个朋友是个极为坚韧而开朗的女孩，唯一的不足就是做事慢吞吞的。而我看上去是个喜爱文学、安静寡言的女孩，做起事来向来干净利落不喜欢拖延。于是，某一天，我突然发现我"大量"的时间都用在等她上，等她吃完饭，等她洗完澡……于是我开始催促她"别说啦，先把饭吃完。""别看啦，先把衣服洗了。"对方也不是迟钝的人，她开始对我吼"爱等不等！不想等你先走好了！"

　　我就真的一气之下走了，走在路上越走越悲伤。我觉得在高中这样的关键时期，我精打细算自己的时间没有什么不妥，可是心里总有个声音在批评自己，却没有理由说服自己。

　　那个周末我回家备战期中考试，母亲柔声询问我要不要洗澡，我一口回绝。母亲犹豫了一下建议我一个星期该洗澡了，我没好气地以"没空"再次拒绝。这时候我的父亲突然恼怒了，他把我从书桌前粗暴地拉起来，迫使我去洗澡。他说："学习？学习是为了什么？是为了将来你能有更好的生活！可是你呢？你现在连生活都没有了！"

我一下懵了过去。我是学生，学习是我的主业，但并不是我的全部啊！我默默地洗了个澡。那个星期一，我又开始气定神闲地等着她慢悠悠吃完饭。对面坐着的可能是我一辈子的好朋友，如果我连一秒钟都不愿意等她，那有多可笑。

后来我看过见过太多勤奋的学霸，他们拥有我无法想象的优异成绩，但他们可能是一个月洗一次澡并且从来不吃早饭的牺牲生活的人。说实话，我对他们的成绩垂涎欲滴，可是，我永远不会用我的生活和身体去交换，这是本末倒置啊。

后来，我看见了关于学习和友谊权衡的一句很妙的话。

"想要走得快，就一个人走。想要走得远，就和一群人走。"

我的室友真的在无形中带给我很多。高一的室友，除了那个教会我如何和自己讨厌的事情握手言和的人以外，还有一个室友喜欢背着长长的《离骚》、看厚厚的物理竞赛书，我的好朋友则已经下决心要做一名医生，规划着有条不紊的人生，看着繁杂的生物竞赛书。我在做什么？我在一脸无奈地捂着耳朵，希望能尽快入睡。

　　我当然更偏爱足够的睡眠而不是永无止境的作业，但一旦开始学习，我就要高速运转来弥补我缺失的时间。

　　我还保持着一些幼稚的习惯，比如在小学时就被老师挑明的老老实实完成作业的习惯。如果做不完自己就百般难受，寝食难安。在第一个寒假后，学习委员在讲台上做痛心疾首状说着大家为什么不能全部完成作业呢？我迷茫地睁着眼开口"我就全部写完了啊！"那一瞬间，全班的眼睛齐刷刷射过来，而我却还处在迷糊的境地里。"不过有些同学完成不了也是可以原谅的"。后来，我才知道，我是班上唯一一个全部完成作业的人。我没想到大家竟然都如此"散漫"，大家也没想到我是如此"刻苦"。

　　其实每次有人问我怎么样才能学好时，我都无言以对。很多人都觉得我很有心机不愿和人分享，事实上也确实有背地里用功的学霸，但我总瞧不起这样逼着自己精神分裂的人。而我，一个不参加任何补习班的人，一个从来懒得给自己加课外习题的人，一个只是老老实实做着老师作业的人，你问我我为什么突出，其实我也不知道。

　　或许就是比你们端正了些的态度吧。

　　学校喜欢按照名次排考场，而我总是排在前几个考场。那种地方，一踏进去，我就能嗅到同类的味道。最突出的特点是每个人都带着自信的微笑彼此攀谈着，聊的都是国家大事、民族未来，谁会紧张兮兮抱着书本过着最后一遍知识点？真正做好准备的人，不会把复习安排在考前那么紧张而富有弹性的时间段里。当然，监考老师的脸上似乎也总带着宠爱的笑，整个考试就变得轻松而愉悦，让人非常享受。

当然，这里也有竞争，特别是第一的那个位子。其实我觉得学校特别聪明，他们把第一名就这样放在门口，整个考场上跃跃欲试的学子都能看得见第一，而第一看不见任何人。有时候我觉得学校就是想把竞争具体化，以激励我们更大的潜能，而事实上，确实有这样的功能。

我不否认世界上有那样优异的人，总是拿着第一还把第二丢得很远，但是我身边还没有过，这就是说每个人都有机会，只要你肯去努力。

高二分科是一件痛苦的事情。文科年级第九，理科年级十一，似乎每一个人都期盼着我学习理科，但我是真的向往文科啊，向往的心都疼。有一些人平复心情的方法是迫使自己收起心思解决一道复杂的数学题，而我却喜欢读书。我读书时有一种近似灵魂出窍的体会：除了文字，现实世界的一切讯号我都接收不到，而所有的感官都用来幻想一个书中的世界，这样的体会让我沉醉。

而且，我很早就知道最了解我的不过是自己。虽然再难的物理也没有下过 90 分是全班的神话，但那是题海战术换来的成果，各种公式无论过多久都是乱成一团。化学虽然看上去势头也不错，但只有我知道最后学的化合物其实什么也不懂。至于生物，倒是有点兴趣，可是它又总是理科中拖后腿的那个。我用我全部的努力和付出坚守着我成绩优异的假象，所有这些已经崩溃的学科，我还是硬生生用题海装点了门面，所以，有些人为我选择了文科而叹息，只有我从来不会悔恨。

既然选择了，动摇只是徒增道路上的波折。

其实我也以为高中和高考会是一场人生的蜕变，我会从此心智成熟迈入社会，我会破茧成蝶追逐梦想。可是，后来我才发现，我只不过是不断在重复论证过去生活中的经验，而我所要做的，就是坚持我该做的，不要动摇。

如果说有什么变了，那就是我开始从看破童话到摆脱童话，是的，我不要用童话自欺欺人醉生梦死。隔壁班总被老师夸耀的同学笔记已经失踪第三本了，上一秒还和你有说有笑的同学在你开口借资料时突然支支吾吾，被老师全班朗诵的文章和你刚刚借给作者的书中的某一篇很像，学霸们总是不断写着一本本新的教辅书而你却对着作业发愁。真的是很失望，站在道德的角度人性的角度把这些事情在心底骂得狗血淋头，大嚷着这不公平！可是，又有什么用呢？

我们曾经希望在人生的旅途上，有亲朋相伴，有神佛护佑，但当我们真的开始走的时候，才知道人生永远是一个人孤单地旅行，感同身受也不过是一句客套话而已，内心的挣扎痛苦和成长别人无法代劳。

我曾听朋友说，有一句很动听的情话，叫"用我一生换你十年天真"。其实我并不赞同，如果成长是注定带着血泪的事情，我还是希望缓慢地一点点长大，顺其自然，不慌不忙，而不是被人保护得好好的，突然看见太多世间的黑暗，那童话里的公主一定宁愿死去吧。

高中自杀的人远远比从前多，这一朵血色的花也从书中走到了我的面前。我承认有时候真的很累，身体累得发晕，心累得发虚。好像所有的事情只会越来越糟越来越不可挽留，只有按下休止符才是最佳的选择。但是，死亡可是个王牌，它可以一了百了，我才不会轻易触碰它呢！在此之前我要把奋斗、坚持、顽强等全部打出去再说。

对，打牌时要懂得如此浅显的道理。

直到今天，还有人在为我失常的高考默默叹息，毕竟和我名次相当的人都在清华北大上着吃香的专业，我却把自己放逐到巴蜀之地，学了一个稳妥冷门的档案学。

这其实也是父母要求的吧。父母都是教师，他们一直对于教育我的方法感觉良好，直到有一天，父亲最得意的门生，猝死在某重点高校的食堂门口，留下双双残疾的父母。我和那个男生是初中时认识的，可能由于特殊的家境，他学习特别刻苦，那种渴望知识改变命运的心情从他心底迫切地涌出来，让我这样懒散的人不敢直视。

现在我们失去了他，父亲受到的打击似乎比我还严重，他不能相信自己的学生真的是学死的。那段日子，父母经常担心我的身体，不让我熬夜，要求我必须回家吃饭等等，尽管这看起来是烦琐而浪费时间的事情。他们甚至开口表明无所谓我的成绩和未来的打算，他们只是不要失去我。

原来在死亡面前，什么都是渺小的。

小时候看见过一句台词："去生活吧，就像明天就要死去一样。"这句话的本意是说每个人都要尽力过好每一天，不留遗憾。可是有时候我会突然觉得厌烦，如果明天我就要死去，我今天还何必紧张分分地备战高考？

对于这一点，有很多人给了我答案。在父母的关照下，我的高三不仅没有那种喘不过气来的压迫和紧张，反而似乎比从前还要轻松些。但是那些所谓的学霸，拼命地学习，半夜上卫生间都能看见她们背书的影子。总有人生病，但那仿佛只是插曲，主旋律还是在不停练习的笔下走过。

在繁重的功课中，还不时有学长学姐回校给我们传授经验。那些现在谈笑风生风华正茂的人，回想起从前的课本居然还能精确到某本书某页某行，能清楚地记得做过的某道题，能在大学里继续自己的神话。

我很羡慕他们，羡慕他们头顶的光环，也深知他们在背后付出了多么艰巨的努力。我知道他们的收获配得上自己的付出，而我要做的，就是让自己的收获配得上自己的付出。

那个从高二开始就把《五三》做完的同学已经开始做各种市面上的题目，偶尔压抑得不行也会去篮球场放松一下，现在他在很好的大学，有了很漂亮的女朋友。那个每天坚持做一百道文科选择题的同学似乎对所有知识都信手拈来，现在他在香港的地界过着和我们完全不同的生活。那个每天憨笑着、总是有着各个学校最新模拟题的同学，现在以状元的身份被大家所牢记。

这些，我都非常羡慕，但我不嫉妒。大家做了不同的选择，用不同的行为与高考做交换，选择了未来的不同道路。我不敢妄下定论，因为，盖棺才能定论。但是，至少在高考这一场战役中他们赢得漂亮，并不是因为他们是多么天才的人，当时的学校还无法吸引到最优异的人才，但他们是最刻苦的人，他们理应受到嘉奖。

这让我想起来，我们曾经对身为地理老师的年级主任建议，希望教室里可以装上空调。老师非常果断地回绝了，理由也很简单，学校确实没有抠门到这种地步，但是这样会无形中让我们觉得舒适，因而产生懈怠的感觉。

我在高考前一周买了一本三百多页的地理复习资料，那个时候也觉得自己有些疯狂。但是政治的知识点也就那些，历史的内容和评价也不会改变，只有地理随便换一个地方就是崭新的天地。令我自己都吃惊的是，我居然真的全部做完了，还是在不熬夜吃好喝好还胖了的情况下。那个时候我才想起来很久之前被自己激发的潜能，或许这时候认识到有些晚了，已经要高考了，但或许又不晚，毕竟人生还长着呢。

高考的名次回想起来真的是高中三年的最低名次，但是从分数上看似乎也没有太大的失误。文综的选择题虽然破天荒错了十道，但比平时多错的八题的分又涨在了客观题里。

最后一门英语，比想象中简单。交卷前十分钟停笔，我坐在位子上忍不住笑，笑到哭，那就像蝴蝶破茧的最后一刻，血液被挤进新生的翅膀，我知道新的生活就要来了。

我选择了班上独一无二的大学求学，选择了独一无二的专业开始我的征途。

因为我总记得一句话。

"白纸方堪落墨。"

如果觉得后悔觉得不甘，就把过去全部忘干净，从现在起，端端正正书写自己的人生。

我来到了被誉为"天府之国"的成都，来到了"985工程"和"211工程"重点建设高校四川大学。四川大学也许不如北京大学和清华大学那么耀眼，但也是很多同学倾慕的学校。

大学里，和学长学姐的交流变得简单而频繁，从生活到学习可以说全方位都有人指路。要问我有没有哪句话记得最清楚，那应该就是一位学姐说的：

"如果你自己不努力成为一名大神，认识再多的大神也没有用。"

进校将近一年了，这句话总是被反复验证，它成为我不敢松懈的动力。

大学，真的是一个完全放松的地方。家长在天边管不着，老师也没办法实施惩罚，大家都笑说："只要胆子大，七天都是假。"

而我，只是按照类似高中的节奏生活，及时完成作业，周末一天去图书馆，一天出去看看风景吃点美食。同学们总喜欢喊我学霸，这个称呼在此之前从来轮不到我，现在轮到了我却不以为意。

同学中很多人很会积攒人脉，每天坐在寝室就能听见她们今天又结识了多么厉害的人物，但是期末的时候她们还是免不了挂科。而我，却出乎意料的成为班级第一。我看了看排名，得出的结论是我的同学都有些散漫而已，所以才让有那么点认真的我有些突出。

很快我发现并不是这样。即使是在学校书法专业的人面前，十三年练就的字和坚持的时间还是得到了格外的尊敬。即使是小学学习的编程在大学的计算机课上也能让老师刮目相看。虽然只学过几年的水彩画，但是画起画来总有人问我是不是进行过专业的培训。曾经弹了半年不到的钢琴，现在再来学习古琴顺畅到学姐都吃惊。为照顾自己看的中药书，也可以和中药课老师聊上几句。有时候去寺庙参观，礼拜时总有人能看出我学的是俗家子弟的规矩。

大家都说，我是个非常独特的人。而我却发现自己曾经浪费在学习外的时光正在给予我丰厚的回报。我的梦想越来越明确，这个时候，我的梦想引导我去见了一个人。

那是大家平日所仰慕的大神——清华大学的高才生，能书能画，家境殷实，学富五车，也非常平易近人。我真不敢相信我的生命中会出现这么光彩夺目的人。

开始的时候我非常黏人，总喜欢问这问那，觉得能和大神交流自己境界也提高了。但事实完全不是这样，反而把自己的生活弄得一团糟，我开始拖欠作业，开始很长时间不练字，仿佛只要和他说话我有一天也可以变成他那样似的。

这样的迷糊直到期中考试为止，我看着满篇不会做的数学试卷，突然醒悟：我在做什么？我不仅停下追赶他的脚步，还一直乐呵呵地看他走得越来越远越来越高，而我甚至在退步。

如果我不努力尝试跳跃，哪怕龙门有心为我降低我也跳不过去啊！

大学真的要靠自觉，要想方设法对自己狠一些。如果你和我一样在高考中留有遗憾，现在却心安理得享受着大学舒适的生活，那么这将是万劫不复的距离。

我卸载了手机上所有的游戏，订购了流量最少的套餐，在大家都在低头玩手机时，我只能选择听课，或者看看手机上下载的《艺文类聚》之类的书。

我严格控制着自己的零花钱，如果想要增加一些门面上的工作，就自己挣钱去满足。

每天生活得非常规律，早上六点就起床，晚上十一点睡觉，每天练字或练琴，偶尔也画画。

没有做什么惊天动地的大事。做好自己必须做的事情，比如说学习。坚持自己向往的东西，比如梦想。

就像我所认识的一些人，我的师兄黄韦达已经开始出书挣钱，我的室友自己做着头饰也在网上卖，学霸们出去当家教，也有些人在学校里开起了奶茶店。

我喜欢文学，又听闻师兄在主编一本《我这一生只有你——记录那些人与动物的温情瞬间》。思绪回到了小时候曾经养过的一只兔子，泪水忍不住流下来。

　　它真的是一颗流星，狠狠撞进我的生命，将我的人生轨迹硬生生地撞偏了，从此它的身影在我的生命中形影相随，不离不弃。

　　那时我还在上初二，正在怡然自得地看着电视，借以打发五一长假。

　　"喂！吃饭啦！"妈妈的声音从厨房里传出来，没有一点温度，却伴随着阵阵菜香。

　　"马上！"我眼睛死死盯着电视，一点也没有偏斜，声音如同条件反射一般地脱口而出，饭菜的香味一点也提不起我的兴趣。

　　不知道多久之后，又传来了妈妈略微有些发怒的声音："吃！饭！了！"伴随着碗筷重重放在桌子上的脆响，终于让我稍微挪动了一下身子。

　　"马上！"短暂的动摇后我又安心地继续看电视，还不忘回答一声。

　　"马上。"这句话是我最近的大爱。有时哪怕没有听见任何内容，我还是能用这句话来搪塞。马上有多快，谁能说得清？说的太多对我任何督促作用都没有，时间还有那么多，有什么好着急的。

　　最终妈妈从厨房里气呼呼地冲出来，面目狰狞，揪着我的耳朵就往厨房里拖。"天天马上马上的，也看不出快到哪儿！菜都凉了。"

　　我用力拍掉妈妈的手，冲她吼："知道啦！凶什么凶，有什么好凶的。"我狠狠地皱起眉头以示不满，然后头也不回自己一个人去吃饭。

　　这就是那时的我，随意挥霍着时间却不以为意，脾气暴躁，倔强任性，甚至有一些暴力倾向。

　　明天就是假期的最后一天了，直到晚饭时间，我才不紧不慢地敲开家里的门。

　　"到哪里去疯了？"刚开门就看见妈妈一脸愤怒的表情，面目狰狞得让我想把门重重摔在她的脸上，但是我忍住了，一言不发地进屋。

　　"哎呀！哎呀呀！"妈妈一边怪叫一边拉住了我，将我上下左右好生打量了一番，一脸嫌弃，"你到底干吗去了？这么脏？"

　　"爬树！"我很是不耐烦，并不想和这个偶尔才关注到我的人多说话，胡乱用已经脏兮兮的手拍了拍衣服，从妈妈身边掠过。

　　爸爸又不在家，我们俩吃得异常安静。妈妈突然发话了："明天必须和我上街去。"又咬牙切齿地强调了一下，"必须。"

　　"嗯。"我不想多说话，过去的经验也知道在这种情况下反抗是没有丝毫用处的。

　　第二天，我心不在焉地陪着妈妈走遍那些每次必来的地方，尽力忍耐着她将一件件衣服套在我身上，看着那些粉粉白白的、在我身上不到一天就会变样的衣服，也不知道她为什么要坚持买这种东西。

但不是每次逛街都是无聊的，比如这次我就饶有兴趣地蹲在一笼兔子面前，并不是出于女孩对可爱事物的天然喜爱，只是单纯地想调节一下乏味的逛街过程。笼子上面是敞开的，我可以把手伸进去，我犹豫了一下，看看小贩并没有阻止的意思，便摸了摸兔子的毛，单单说毛的话和毛绒玩具没有什么区别，但是指尖还是触碰到了兔子身上暖暖的温度，还有伴随着呼吸一放一缩的身体，和我的心跳融为一体。这样的触感瞬间沿着指尖溶入血液，将暖暖的感觉聚集于心房。

我回过头，刚想开口，却发现这是第一次对妈妈的请求，顿时有些不好意思，但犹豫了一下，想想刚刚牵动我的感觉，还是对妈妈说："我想买一只。"

妈妈像是被我突然的温柔吓到了，狐疑地扫视着我，愣了一下也不知该作何回答，只好说："那就买吧。"

这样我就有了自己的第一只宠物，也是唯一一只宠物，那只刚刚被我抚摸过的兔子。

它安静地趴在小小的笼子里，鼻子一呼一吸地翕动着，瘦长而透明的耳朵呈现出血丝的纹路，前爪放在三瓣嘴前面，全白的胡子微微颤抖，身子也是我喜爱的纯白，没有一丝的杂质，只有那双像红石榴籽一样的眼睛在不安地躲避我的直视。

我轻轻转动着笼子，将它的模样尽收眼底，可爱的、不安的，第一次的印象。我忘记那天是如何回家的，只知道我的眼睛从来没从它的身上离开过，无论时间消逝了多久，无论离开多远，它的样子就那样分毫不差地出现在眼前，好想连一根绒毛我都不曾忘却。

那只兔子来到我家之后，好像就和我没有什么关系了。妈妈用纸箱为它做了一个窝，每天喂食，清理粪便，而我甚至懒得给它取名字，只是偶尔去逗逗它，给它喂食，看它在窄小的空间里来回转圈，当然最喜欢的就是为它顺毛，那是可以瞬时让我心灵平静的魔法。

它一直很乖，只有吃莴笋叶时会发出细微的声音。我居高临下地看着它，看它一口气将一大片叶子送进不停咬合的嘴巴里，往往会勾起我莫名的傻笑。我很喜欢给它喂食，每天督促妈妈为它准备好新鲜的莴笋叶，偶尔还央求妈妈费心准备些胡萝卜条给它改善伙食。不知道为什么，对自己饭食都不在意的我，会乐此不疲地关心它的食物。

或许只是因为它是我的宠物吧，我在心里对它有种莫名的牵挂，这种感觉甚至让我在大年三十回到山中老家后，第一件事就是去后院的菜地，徒手挖开上冻的土壤，为它带回健康的胡萝卜。

妈妈经常在我傻傻看它时问我什么时候带它出门，去宽敞点的地方跑跑。我低头看看它在小小的箱子里蜷缩着身体，只能做些简单的挪动，也有些小小的愧疚，可是它的一切不都该是妈妈负责吗？所以妈妈得到的答案永远只有我的口头禅——"马上"，却从来不曾注意到我催促她带它去玩耍的心情。

那天我和几个玩伴在楼下玩耍，我铆足了劲儿只想追上面前扮演魔王的男生。

"你给我滚回来！"妈妈的话犹如惊雷，从七楼滚落下来，炸得我一愣一愣的。看着小伙伴们四下散去，我也只有悻悻地往家走。

一路上我铁青着脸积蓄着愤怒，一回到家就怒吼："喊什么！"

妈妈今天的气势也丝毫不弱："作业都不写！就知道疯！"

我愣了一下，突然觉得好笑："你怎么知道我作业没写？你管过我吗？"

我把书包倒过来，书本噼里啪啦地散落一地，发疯地翻出作业本放在妈妈面前，声嘶力竭："你自己长眼看看，我早就写完了。"

妈妈仔细检查了一下，缓和了一下语气："我不知道你作业这么快就能写完。"我却仍然是冷笑，她有多久没有关心过我，居然能这么镇定自若地冤枉我，还如此轻描淡写地就想了事。转过头我就往外走，却被妈妈从身后一把拉住："你要去哪儿？"

我感到莫名其妙，转过身："接着下去玩啊，怎么？作业都写完了啊。"妈妈抬头看了看挂钟，手里的力道仍然不减："都这个时间了，回来就别下去了。"

"凭什么啊？"我一下就吼了出来，面前的这个人不知道发什么神经非说我作业没写把我弄回来，一场误会连个道歉都没有，就这样的态度还要强制我留在家里？

一瞬间我看到妈妈有一些内疚，但是接下来的事情彻底让我丧失了理智：妈妈用钥匙把门迅速锁好，气急败坏："哪都不许去！谁让你没和我说你作业写完这种事呢！"

"这么说你还有理了啊！"我在房间里不停踱步，"到底谁在无理取闹啊！"我吼得嗓音嘶哑，满肚子的委屈难受得要死，她何时要求过我汇报作业这种事？妈妈不打算理睬如此暴躁的我，转身去了厨房："等你爸回来让他说说到底是谁无理取闹！"

"狼狈为奸的两个人。"我突然停下了脚步，嘴角泛起了冷笑，想起了从前种种，无论何事，最终爸爸都只会帮着妈妈打骂我，我早就知道这家里没有我说话的份儿。

当她从厨房出来时，看见的就是我艰难地通过椅子，刚刚翻上阳台的窗台："你在做什么！"

我吓了一跳，差点就这样从七楼掉了下去，我在窗外的竹竿上调整了一下坐姿，回头看她，语气和表情都尽可能平静："我说了，我要下去接着玩。"

"你现在还真是长本事了啊！"妈妈一个箭步冲过来，"有种你就跳下去啊！"她一个巴掌打在我脸上，我耳中响起尖锐的鸣叫，又往窗外挪了挪。

"你有什么资格说我！"我觉得今天的事我没有一点点的错，都是面前这个人胡搅蛮缠。

"也不用等你爸回来了，你跳啊！"妈妈随手抄起扫帚，"你不跳，下来我就打断你的腿！"

两个人在阳台彼此叫骂的声嘶力竭，陈年旧账都翻出来刺痛着彼此。我沙哑得不停咳嗽，却丝毫不认输。阳台上的兔子渐渐不安分起来，它好像被这样的场景吓坏了，在箱子里来回蹦跶，发出难听的声音。

妈妈停了一下，想把箱子搬出去，便准备走过去。

我也是气急了，在她眼中一只兔子都比我更需要呵护，我会说话但在家中却没有立足之地，它只会胡闹但是妈妈却无微不至地照顾它，我也真是卑微啊！

我的胸中怒火翻涌，随手拿起身边的一个花盆就往声音的方向砸："吵死人了！"话还没说完，我用劲一扔，重心一个不稳，就从七楼落了下去。

脑海中一片空白，我甚至什么都来不及反应，落地的瞬间，那刺骨的疼痛就让我彻底昏了过去。

当我再次回到家，身后跟着的是面色难堪的爸妈。被无数行道树拯救最后落在草地上的我也只是右腿骨折。但是清醒过来我一声不吭，自己撑着拐杖，带着沉重的石膏回到了家。

刚刚打开门，一个身影扑面而来，我下意识伸手接住了这团柔软的东西，低下头一看，忍不住倒抽了一口冷气，差点认不出这是我养的兔子。

它身体的一侧有着长长的伤口，难看的血色覆盖在毛上，惨不忍睹，让我看着都心疼。不知道它是用了多大劲才跳到我怀里，伤口还在不停地流血，我捧着它的双手忍不住地颤抖，眼看就要跌倒，却又咬牙坚持不能摔到它。它在我手上还是不安分，爪子轻轻挠着我的掌心，低下头用小小的三瓣嘴轻轻拱着我。

明明是我害它受了伤，但是它不仅没有害怕我，反而这么亲近，这样的动作仿佛是在安慰我，终于我面无表情的脸开始涕泪横流，我努力稳住手里温暖起伏的生命，顺着刺眼斑驳的血迹蹦到阳台。它的窝倒在地上，花盆的碎片倒在一角，上面也有星星点点的血。我长长地舒了一口气，幸好花盆没有正中它！

这是我唯一一次庆幸没有正中目标。

稳住了自己之后，我缓缓地蹲下身来，把它小心翼翼地放在一边，开始收拾残局。

激烈的爆发后是久久的平静。父母工作繁忙，没有人接送的我无法上下七楼，于是干脆休学在家静养。所以，每一天，我只能和那只兔子四目相望。

开始几天，我都不想去碰它，不敢想它为我而受的伤，就是呆呆地趴在箱口看它呆呆地看着我。虽然很是不想，但是中途我必须解决我俩的伙食，并且给它换药。我借助家具缓慢移动着，虽然是一个人在家无人管束，但是我却没有心情去看曾经看不厌的电视。

每天清晨吃完早饭，父母就相继离开。我在厨房水池边仔细清洗着莴笋叶，整个家只有流水的声音，反而让人觉得放松。不知道是这一次闹得太厉害还是出于对它的愧疚，我的动作变得很温柔。从头到尾来回冲洗着那几片碧叶，一个个抠掉坏掉的地方，直到我自己满意了以后，再拿到阳台将水晒干。"兔宝宝不能接触自来水，容易拉肚子。"我脑海里回放着这一句从网上查阅到的养兔注意事项，满意地眯着眼睛，一边关注它和莴笋叶的状态，一边懒洋洋地晒太阳。脑海中什么也不去想，心中什么波澜也不会有。

当然，每天喂它我亲自处理的食物也是我的新爱好。我抓住叶尾，将鲜嫩的叶子递到它的嘴边，它就像追随太阳的向日葵，高昂着头正对着叶子，毫不客气地大口吃起来，而且是一口气不停地吃，我的手总是能感受到它将叶子吞下的力气。有时我会这样轻轻和它撕扯着看它吃完，最后一下轻轻啃到我的手指；有时我会放手随它怎么吃；有时忍不住逗逗它，将叶片提起来，它也很是执着，宁愿被我随着叶子提起来也不愿松口。每一次，都有着巨大的成就感和暖流在心中荡漾。

可是，换药就是我们之间无法逃避的痛苦过程。雪白的纱布遮盖了伤口，也遮盖了血，只有揭开的时候刺痛我的心。兔儿在换药时格外的乖，不知道是我真的没有弄疼它，还是它在为我隐忍。原本美丽洁白的毛，在揭下纱布时不可避免地粘下来，一缕一缕揪得我心疼，可是无论我多么轻手轻脚，还是没有改变。我只好轻抚它完好侧面的毛，感受到生命在指尖微微颤动，希望这样可以将我所有的爱意怜惜和愧疚不安传递给它。

漫长的白日中，只是照顾它或是安静地注视着它，却从来不会厌烦急躁。只要能看着它，我就很心安。反而当父母回来时，我心中会隐隐焦虑，想要逃离。

天气越来越热，一不小心日子就从月初滑到了月末，兔笼总是在高温中散发出难闻的味道。我的脚恢复得很快，加上不安分的性格，父母不在家时，我已经开始尝试行走。兔子的伤口也基本恢复，褐色的伤疤埋没在雪白的毛下若隐若现，受伤部分的毛总显得略微稀疏，毛色也因为我从不敢蛮力清洗而显得黯淡些，但是这些一点也不影响它在我眼中的美丽，一如开始的美丽。

傍晚阳台，我怀里轻轻地搂着它，一遍又一遍抚摸着它身上的毛，它用湿漉漉的小鼻子在我手上轻轻动着，我陶醉在这样的幸福安宁中，脸上挂着难以自抑的微笑，刻意躲避着爸妈的存在。妈妈正背对我给兔窝换上新的报纸，然后装作不经意地说："以后一天一换是不是太不卫生了？"

"哦，那我中午也换一次。"我回答的风轻云淡。虽然以前很排斥这样的事情，每次妈妈一招呼自己做什么就觉得烦躁，更不要说这样的脏活，以前想想都觉得倒胃口，但是不知道是不是照顾它成了习惯，答应得如此爽快。

第二天，我抱着厚厚一沓报纸靠近兔笼，深吸一口气后，一直憋着气将兔子从箱子提到报纸堆上，再看着箱内一团污秽之物，虽然憋着气什么也闻不到，却已经想吐了。为了速战速决，我鼓起勇气将一堆报纸抱起，再揉成一团包裹起那些东西，连忙丢到了门外。等我回来，报纸还乖乖堆在那里，兔子却在阳台狭小的空间里欢乐地蹦跶着，我将报纸放好，看它还在乐此不疲地跳跃着，突然想起来，自从将它买回来，好像确实没有带它去什么地方让它舒展一下身体。

而我，好像也有很久没有说过"马上"了。

我皱了皱眉头，眼疾手快地抓住还在来回跑的兔子，扔到了箱子里。不出所料，它这次没有那么安分，一直在抓挠着箱子，不是我在上方盯着它，说不定它就跳出来了呢。我叹了口气，还用老办法轻轻抚摸着它全身的毛，信誓旦旦地说："等我好了马上带你出去玩！"

说到"马上"这个词，自己的脸都有点羞。回想起爸爸曾经教育过我："你的马上？还马上？你知不知道很多事情等不起的！"当时不以为意，现在怎么反而羞愧了？我自己也不太明白，但是还是向兔子澄清："等我一恢复，立马带你到下面玩！我保证！"

脚真的快好了，已经和医院约定好明天就去下石膏，我乐得一直对兔儿傻笑，内心的欢乐喷薄而出，忽然开口对爸妈说道："我想今天就带它下去玩！"

这是一种心有灵犀吗？尽力减少我的遗憾和悔恨？

爸妈很爽快地答应了，这段时间他们也尽力避免正面冲突，生活安逸而幸福。

楼下的草地在夏季是最为翠绿和水嫩的，我坐在草地中央，爸妈远远看着。很久没有出门的我，大口地呼吸着自由的空气，打量着这个久别的玩乐地带。兔儿开始蹲在兔笼前东张西望不敢动，然后抬头咬了一口嫩草，就像是打了兴奋剂一样奔跑起来，我看着它跑远，也不着急，反而阻止爸妈去追，就在那里傻傻地笑。那时候，突然觉得很幸福，是因为眼前自由的它看上去很幸福吗？

不知道兔子的视力如何，可能是看不见我了，蹦跶没多远又蹦跶回来，绕着我转圈圈。爸妈刚刚想追出去又默默退了回来。我一遍又一遍抚摸着这个温暖鲜活的生命，轻轻拍打着它短小的尾巴，催促鼓励它放心去奔跑。

我喜欢它安静地趴在角落，喜欢它执拗地和我争食，喜欢它宝石般的眼睛追随着我，喜欢它温热的存在，但是，我最喜欢它洒脱地在草地上奔跑的样子。欢欣雀跃地跳起，圆滚的身体拉伸成瘦长的弯桥状，这样的它好像比任何时候都充满活力，也比任何时候更能让我感受到它是个活生生的存在，存在于我的生活里。

我懒洋洋地趴在草地上，看见那个洁白渺小的身影在草丛中影影绰绰，耳朵和头部像雷达一样四处探索，偶尔像洁白的浪花翻滚一样跃起。我从未想过它会跑丢，因为我相信它，它累了就会自己回来，就像那次，受伤了，它会来找我，它相信我。

一直玩到黄昏，余晖将它涂抹成金黄的毛团，我们才恋恋不舍地回家，我将它安放在箱子中，看见它意犹未尽地在这样狭小的空间里继续闹腾着，我开始幻想等我好了和它一起追逐打闹的场景，于是忍不住再一次认真地抚摸它。亦如初次，颀长的耳朵，小小的头，窄窄的脖子，圆滚起伏的肚子，柔软的触感，生命的跳动。

当我还为这种感觉乐此不疲时，身后传来了妈妈熟悉的吆喝声："快洗手啦，要吃饭了。"客厅看电视的爸爸阴阳怪气地接了一句："马上！"又回过头看着我，"对吧?"

　　我脸上一阵燥热，一言不发地溜进卫生间，打开水龙头，哗啦哗啦地洗手，忽略外面爸妈的一唱一和。

　　时间总是过得那么快，拒绝任何人的请求。第二天去医院前，我还恋恋不舍地对我的兔子说："等我回来，一回来就再带你去玩。"想到这样美好的时候，想到我俩都可以无拘无束奔跑的场面，我就止不住地傻笑。

　　医院的手续总是那么繁杂，等到我真正去掉束缚，已经是下午了。爸妈带我去外面的饭馆，一家三口难得其乐融融地吃一顿，上一次如此温馨的场面我已经记不清。不知道为什么两人有一句没一句地调侃着我从前的斑斑劣迹，等说到我脸色一阵红一阵白又笑着将往事随便说了过去。

　　夜色微凉，我才刚刚踏进家门，突然想起被一家人遗忘一天的兔子，匆匆忙忙往屋里进，却发现外婆不知什么时候来了。看见我傻傻的样子，妈妈耐心地解释道："知道你宝贝你的兔子，特地叫外婆来帮忙照看一天。"

　　我喜出望外，匆匆和外婆打了招呼就往阳台跑。阳台上黑漆漆的一片，打开灯也只能勉强看见箱底白乎乎一团。不知道这一天它有没有被照顾得很好，心里一着急，我就跑回去找了个手电。

　　明亮的灯光下，我一边喃喃重复着我的承诺，一边检查它吃饱的圆滚滚的肚子，身下干净的报纸，我的眼睛眯成了一条缝，很是满意。我刚要安静地离开，却还是不小心弄醒了它，它刚刚睁开眼，眼球就反射着手电的强光，惨白得晃眼，我心里一慌，连忙关上手电，静静在黑夜里关注着它，看它没有表现出焦躁不安也就放下心来，又轻轻重复了一遍我许给它的小小诺言，退出了阳台。

翌日清晨，我在大人们的争吵声中不情愿地醒来，没好气地抱怨着："一大早的吵什么呢？"

妈妈焦灼的声音响起："兔子死了，外婆要把它扔掉了！"

睡意立刻无影无踪，我连睡衣也不换，赤脚就跑进阳台。外婆一个人抱着箱子不顾劝阻就想出门，我刚想伸手去够，外婆的大嗓门就嚷嚷起来："病死的兔子小孩子别摸，别也得上病了。"

我才听不进去，只是死死攥住外婆的衣角，觉得脑袋还晕晕乎乎的："我才不信！它才不会病死，它才不会死！你骗人！你骗我！你想把它带到哪里去？"我用尽全力摇晃着外婆的衣服，眼泪不争气的涌了出来，我的兔子，那个受了那么重的伤还好好的兔子，那个昨天晚上还安安静静睡着的兔子，怎么可能死了呢？

外婆和我僵持了一会，慢慢地将箱子放在地上，对我说："你自己看。"

我的小白兔安安静静蜷缩在角落，刚刚激烈的争执都没有惊醒机警的它，我的理智告诉我它真的是死了，但是我的感情已经操纵我的手，用一根指头轻轻碰触了一下它小小的身躯。

如果说从前无数的爱抚是一个永远不会忘记的美梦，那么这一次的触碰就是一个无法忘记的噩梦。我从来没有接触过这样的它：硬邦邦的身体，冷冰冰的身体，已经死去的不再温热鲜活的身体。

我的手指触电般缩了回来，却还是抱着箱子不撒手，眼泪无论如何也停不下来，我无法表达那一刻的悔恨和悲伤。

童话里不都是公主终将会等到王子，丑小鸭终将会变成天鹅，小蝌蚪终将会找到妈妈吗？为什么我那么可爱，可爱得就像是童话里的兔子，不等到我痊愈？

仅仅迟了一天啊！不，只是迟了一夜，只是我们匆匆一面后我短暂的一个梦，它就不再乖乖等我。这世间，原来，真的有这么措手不及的悲伤事情会发生；原来，真的有迟一点点就会抱憾终生的事；原来，真的有很多事情是等不起的。

我的脑海里乱成一团，铺天盖地的悔恨将我埋没，外婆趁我出神，抢过箱子就出门了。我还是呆坐在地上，理智彻底崩塌，拼命抽泣着，连一句话也说不出来，就这样，我的兔子永远离开了我，我甚至没有勇气在事后询问它的结局，原来我这么懦弱。

唯一记得的是自己的抽泣带着整个身体都在痛，除了痛什么也感受不到，浑身上下都不舒服，我只好在地上来回滚动，但是那种痛苦却久久缠绕着我。

自那以后，很长一段时间里我都会做梦，梦见自己和兔子在草地上你追我赶。这样的时候，阳光总是很暖，微风总是很柔，草地总是很软。

每一次，从这个憧憬了良久的梦中不情愿地醒来，嘴角都是带着笑的，但是下一刻泪水就难以抑制地从眼角流了下来。

在之后很长一段时间里，爸妈总是不时旁敲侧击地提一些意见，要重新给我买个宠物，都被我无言地拒绝了。

它幼小短暂的生命里只有我，我艰辛漫长的生命里只愿有它。我渐渐恢复着心口那道长长的，轻轻一碰就流血的伤口，我在它身上留下了这样的伤痕，它原样还给了我的心。它是那么无辜美好，一切都是我的过错，如果我没有那么倔强，没有弄伤脚，那么一切的一切都不会是这样吧？我一边悔恨着，一边将它所有的美好填进伤口里做成药。

很多年以后，我有了一位兽医朋友，一起喝酒时，我喝了很多，难以抑制地将这个故事说了出来，然后又沉浸在无边的自责悔恨中，揪着自己的胸口觉得一阵闷痛。

直到那个兽医平静的话语传入耳朵。

"你觉得对它太过残忍了吗？如果不是因为残废强制将

你禁锢在家里，它到死可能都只是被你随意逗弄，而你，也绝对不会是现在这样。你们共同改变了彼此的命运，这很公平。"

"不不不，这一点也不公平！"我左右摇晃着脑袋，拒绝接受这样的说教。

"你也不是不了解，外面卖的小兔小鸭那些的，都曾经被注射过大量药剂，基本上都活不长的。它的死不是你的责任。"朋友依旧耐心地劝导着我，就像那只永远只有美好的兔子。

"可是，可是，它的一生只跑过那一次，太可怜了，都怪我……如果我早点……"我胸口又开始翻滚的痛。

良久，他又说："难道，你宁愿永远不曾这样爱过它？没爱过就不会有这样的消极情绪了。"

我抬起泪眼蒙眬的脸，突然开始拼命擦干眼泪。

那天夜里，我梦中的兔子在不停地奔跑，我渐渐跟不上它了，只能看着它消失在我的视野里。

醒来后，我长长地舒了一口气。

我怎么可能后悔爱上它？怎么可能责怪它改变我？

刚回到家里的我轻轻打开房门，坐在书桌前，夕阳的余晖洒在桌上一张白纸上，反射出温柔的金芒，我笑了笑，顾不上休息就端坐在书桌前，为喜爱绘画的梦想执着地铺垫。

我不想再一次因为拖延而错过美好。

我不想让梦只能在夜晚徒劳地奔跑。

我想奔跑在梦中，为了梦想而奔跑。

我想，尽头，我的兔子一定在等我。

时间回到现在。

每个人的生活都不容易，特别是我所见到的人。有时候觉得事情很多要让人疯掉，有时候又觉得无事可做也要疯掉。虽然每天起得很早，但是从那时候起就要为各种活动和文案而忙碌，要认真地听课，还有课后的作业。何况我还坚持着那么多的爱好不放。

四川大学拥有全国第二多的社团和学生组织，在硕大的广场轮流展示。纵使在高中时已经接触各种社团，我依旧看得眼花缭乱，选择起来也十分困难。

最终我选择了四个组织，虽然数量有些多导致每一天过得十分繁忙，但是回首细思，终究有所收获。

参加的唯一校级组织是一个和党团有关的理论研究中心。一联想到党团就觉得是各种政治、花架子、走过场这样浮夸的东西，而我之所以还选择它，只是因为部门的主要任务是编写文案报纸，我梦想着在此锤炼自己的笔力。

这是一个非常严肃的部门，甚至在难得的聚餐上，部长还在布置着任务。这是一个非常温馨的部门，我们参加着每个共事者的生日会。

这也是一个让我成长的部门，首先是锻炼我的笔力。每一份报纸的出版，从选题到问卷，从分析数据到最后成文，每天都在反复修改着文本。刚开始拿到被改得面目全非的文本，难免会沮丧怀疑，不明白书面用语和平日随笔的区别，不知道小小的人称为什么要反复修改。自己读自己的文字总觉得畅通无阻，可是别人推敲起来就会出现逻辑的混乱和断裂。这些问题在每一次的例行会议和修改里被反复强调训练，虽说不是灵丹妙药，但也算是良药苦口。

其次是思想的深度。每一次定稿都要汇报给最高层的校长室的，纵然有最热点的时事，最贴切学生的问题，最真实的数据分析，但是如果没有思想内容和深入的角度，这就是没有价值和意义的。

第一次面对这样的难题，才发现自己还是肤浅幼稚的。比如，最近一次的选题是柴静的《穹顶之下》，我们的思维困在雾霾、环保和公众意识的壁垒里难以突破，可是这些对于大学生，并无有别于全社会的新角度。选题就这样被返了回来，部长在会议上再三启发，我们也想不出大学生在这一事件中的特殊角色。

最后，部长恨铁不成钢地说："你们的专业呢？知识呢？对于雾霾你们不可以去问专业教授吗？你们的优势自己都不知道吗？科学和真理，你们离它们那么近，看不见吗？"

我的脸唰地一下了红了。很多年我做得最多的事情就是鉴别别人的思想，却很久没有自己思考过，整个高中书本占据了脑海中的每一个罅隙，却没有产出什么自己的想法。

这不仅仅是思想深度的缺陷，还有对自己身份的认识。如果在从前的求学道路上，我给自己的标签是读书，那么没有人会有异议。但是如果身为大学生，我的标签还只有学习，那么我将如何适应社会？

我需要知识，不光是为了未来的生计，还要去自己面对社会上的各种事情。网络上的事实和言论总是不停在变，可网络又把太多的事情推到我们面前，我们难以做到视而不见，那就要努力做出属于自己的判断。

我尝试分析一些身边的事情，周鼎老师的罢课，学校的门禁制度，还有《穹顶之下》。把自己的想法公之于众，基本上会得到同学们的赞同，也从来不怕有人挑刺，在彼此的辩驳中让问题自然而然地深化。从前，我耻于提出和常人不一样的看法，被一群人围攻时总会无条件投降闭口，现在，我喜欢这样和别人讨论。并不同于辩论队必须要有胜负之分的制度，而只是见解和经历的交流，有时激烈碰撞，有时和缓交融，但最终都能使自己的思维得以提升。

除了党团理论研究中心，我还加入了素质拓展中心、书画协会和古琴社。这些都是根据我自己的兴趣来选择的，也让我收获颇多，这里就不再赘述了。

尽管我每天的时间都被学习和社团活动所占据，但是每一天我都过得特别满足，而且生活已经一次次告诉我，没有完成不了的任务，生活中的坎没有哪一个过不去。有时候觉得事情多得要让人发疯，可是最终自己还是在规定的时间内高效完成。向别人诉苦或让自己心浮气躁都没有用，那些事情不做就永远会在那里，甚至越积越多。每个人都是如此过来的，你挺过来了也没什么值得骄傲，你骄纵自己也是你自己选择的结果。

从前总会在入睡前细思一天的生活，那个时候就会惶恐地发现自己有太多的时间耗费在网络上，漫无目的地刷新，看着同龄人的生活而自卑，看着明星的生活而憧憬，而自己却不肯离开半刻去看一眼单词。

有人说，在光明世界待久了，就不愿意回到黑暗了。

可是我曾经见过那么多的光，那么多伟人的传记，那么多心灵鸡汤，为什么我总是懒洋洋的模样？

或许是因为感受不到竞争吧，感受不到别人都在努力蜕变成天鹅，而自己却在水塘边晒着太阳。

还好我现在有这样的危机感，我每天都在激励自己改变生活。或许我一辈子也不会家喻户晓，但至少我在慢慢变好，即使不为了向别人证明自己，也该在百年中温柔地对待自己。

不久之前我过生日，一个室友给我写了一张贺卡，上面写着：

> 其实有时候蛮向往你的生活方式的：一支毛笔、一把古琴，简单纯粹，自娱自乐，不用被很多琐事困扰。也许你会穿着汉服弹古琴，那画面实在太美，不敢想象。

这其实真的就是我的梦想。我知道这世界太复杂，我看了好久都看不懂，所以我还是安安静静地看我的书，坚持我的梦。

至少这样，每一天那么诱人，让我停不下追逐的脚步。

其实我也是在大学才下决心学习绘画和乐器的，很多人不解或诧异我的改变。但现在看来，这些改变出乎意料的美好，如果当时我连试也不愿意试，那才是最大的遗憾。现在的我很大胆，也很鲁莽，我不知道自己的身体究竟还能熬过多少个寒冬，我只是不想有那么多遗憾。我总是小心翼翼地去尝试，纵使磕磕绊绊也不至于头破血流。

大学，在我眼里就是终于可以摆脱学业牢牢的禁锢，去追逐心底渴望了太久的梦想。

一个人的日子过久了，就连跨年也是自己一个人坐很久的车去吃一顿饭，不觉得害怕、不觉得无助、不觉得缺少。不受任何的拘束，想要做什么就立刻去实现，去品尝生活的五彩斑斓。去懊悔、去难过、去思考，习惯并享受一个人的风景，去爱自己、满足自己、宠爱自己。

我好像说了好多好多的道理，有没有一句一针见血的话呢？

听过了太多的道理，还是过不好这一生。

那是因为这个道理你没有用血泪刻在来时的路上，你会忘记会质疑，但我相信，人生不得不走的弯路是有，但不是全部。

现在，我告诉你这些，仅仅希望对你能有所帮助。

但是你的人生，还是要自己走出来的。

每一步就像是不能悔改的一笔，挥毫需三思，切莫轻率了白纸。

历史很快就对武则天做出评价，但是她至死都没有为自己刻碑。独立于时间风沙的女皇，曾经为自己造字造宫殿的女皇，居然也有迷失的那天。

这世界上有太多太多的人，我们走过太多太多的路，对你有着太多太多的评价。可是，那又有什关系？你唯一应该倾听的就是自己的心。

"欢迎走进我的故事。"

——黄韦达自述篇

　　曾经听人说过，有些人来到这个世上就是为了从事某种职业。我大概就属于这一类，注定要成为一名讲故事的人。之前我总是讲着一些虚构出来的天马行空的故事，然而这一次，我想讲一讲自己的故事。

　　我出生于 1995 年，处在新旧世纪的交汇点上。当时为了给我取个好名字，家里人想了好几天，最后还是采用姥姥取的名字"黄韦达"，即父母的姓氏再加一个表示什么愿望都能实现的"达"字。妈妈也觉得这个名字不错，因为可以跟数学家"韦达"同名。不过现在看来，这个名字也有一点不好，就是经常被别人错写成"黄伟达"。

　　我父母当时在淮南，工作也比较忙，正好姥爷退休了，所以我一出生就是姥爷在照顾。姥爷住在合肥，因此我基本是在合肥生活的，不过到上幼儿园时姥爷带我回到了淮南。

　　小时候的事情，我现在印象不是很深了。据家里人说，小时候我好像脑子不太好使，贴在墙上的认字卡片怎么教也学不会。我说话也很晚，结结巴巴的，一开始家人都很着急，但后来听说许多天才人物都有这毛病，便也释然。家人还说，我从小就和别的孩子不太一样，有些自闭，不太合群，在幼儿园排队玩滑滑梯，我一个人站在那儿不往前走，结果导致交通堵塞，每次都得老师充当交警梳理我这个障碍物才能使后面长长的队伍继续前行……

　　与零零后一出生就有各种电子产品围在身边不同，我出生那一年中国刚接入互联网，当时我家里最先进的东西恐怕就数电视机和影碟机了。我从小就很喜欢看动画片。当时小区附近有几家音像店，家人经常在那里买光盘，或是租光盘给我看。现在好像基本上已经见不到有出租光盘的门面了。当时听音乐也不像现在这样手机一点声音就飘了出来，也都是用光盘通过电视来听。

　　后来流行骑自行车，有些孩子两个轮子骑得飞快，我却学了很久才学会，而且因为胆子小，只敢骑那种后轮两侧各加装一个轮子的车。

爱玩是孩子的天性，当时家长带着我把合肥、淮南能玩的地方都玩遍了。我最初格外喜欢坐街边那种投一块钱硬币就能玩一次的电动车，后来喜欢去游乐场里玩碰碰车、套圈什么的。记得那时候淮南的胜发商场里有一层是电玩城，我经常缠着家人去那里玩，当然不是玩电子游戏机，而是玩一些趣味性的、益智性的游戏。

我还很喜欢看订阅的幼儿杂志，一开始是被上面花花绿绿的图案所吸引。每晚睡觉前，姥爷都会拿着书给我读童话故事。这些事情虽然我现在印象不深，但绝对是有启蒙作用的。这其实就是早教，早教不一定就非要把孩子送到什么培训班，尤其不要一股脑把什么知识都往孩子脑袋里面塞。尊重天性，寓教于乐，学中玩，玩中学，这就是最好的早教。

说到早教，我小学以前也上过兴趣班，一个是画画班，一个是英语班。

画画班里，我学的是儿童线描画，没有色彩，主要用线条和一些几何体来描绘简单的事物。我记得当时我尤其喜欢画鱼，有次还画了一幅"会跳舞的花瓶"。线描画老师说我很有绘画天赋，让我上小学后继续学。后来我到合肥上小学，报了水粉画的班，却完全没有了之前得心应手的感觉。一方面，我不太会调色彩，另一方面，其实我没有凭空画出一件逼真事物的能力，只有照着实物或者老师画好的画，我才有思路下笔。而之前学的线描画呢，可能恰好不太需要写实，总体来说比较抽象，所以我当时还比较擅长。

再说英语班，我上的英语班也不是那种死板的纯粹的教学班。当时那家培训机构叫"小星星英语"，就在我家小区门口。英语老师很年轻、很漂亮，经常给我们放一些英文动画片，而且很会鼓励人，我们每次正确地回答出问题，老师就会在本子上贴上一张小星星贴纸，并规定集满多少张贴纸就可以换一份礼物。所以我当时实际上是很愿意而且很有兴趣去学的，也多多少少为后来打下了一点基础吧。

总之，幼儿园时代能记得清楚的事情，主要也就是上面那些了。除此之外，还有一些印记也深深地刻在了我的脑海里。这些记忆，不仅属于我，也属于那个时代，属于经历过那个时代的人。

我至今都记得，那时候《还珠格格》真的是风靡全国，几乎家家户户都在谈论"小燕子"；那时候任贤齐的歌曲可谓街知巷闻，街道上到处都在放《对面的女孩看过来》《任逍遥》《伤心太平洋》；那时候安徽卫视的《超级大赢家》绝对称得上全国综艺节目的赢家，每个星期五晚上都能把欢声笑语"传染"给电视机前的我们……

虽然之前我比较"笨"，但是小学阶段，我在我们学校绝对算是一名不折不扣的"尖子生"。由于我和妈妈的户口在合肥，是跟姥爷在一起的，所以幼儿园大班上完后我便来到合肥，住在姥爷家里。家里人认为小学没必要择校去顶尖的学校，选择一个离家近的、教学质量还不错的学校就行了。所以，我就上了家属区里的那所厂办学校，后来改名叫作合肥市第六十四中学。

这所学校就在我家旁边，坐在家里都能听到上下课的铃声，下楼五分钟就能走到教室。我是11月份出生的，国家规定9月1日之前出生的当年可以报名入学，但也有许多下半年出生的人喜欢交点钱提前上学。我家长认为上学早年龄小压力大，所以就让我按照国家规定先在那所学校上了一年的学前班。

学校处于城乡接合部，就读的学生除了厂里职工子女外，还有当地的村民及街道个体经营户子女。学校设施比较普通，教室很拥挤，一个班的人数高达六七十人。起初大部分老师年龄比较大，虽然教学方法过于传统，但是都很认真、负责。比如说作业完成得不好，老师会把学生留下来补习，可能还会让学生罚站、罚抄，有时处在气头上甚至还会打学生两下。这种做法现在看来是不可取的，但从另一个方面来说，也是老师敬职敬业的表现。

小学时，我的考试成绩基本都在班上前五名，并且考过很多次第一名。但是我有个特点，就是期末考试比平时考的要好。因为我本身还是一个比较贪玩的人，平时虽然学习总体而言还算认真，但也从来没有多么拼命地学过，基本上也就是带学带玩的，所以考试成绩不是特别稳定。而到了期末考试的时候，我往往比较重视，所以一般都考得比较好，最差的记录好像就是一次班级第八名。

小学低年级时，我还是比较乖的，年级越高，越喜欢玩，但学习也还算认真。家长重视我的学习，但不会把学习当成唯一，对我也主要以鼓励为主，很少会在我面前夸别人家的孩子怎样怎样。有时我为了课外能多玩一会儿，经常课间时就抓紧写作业，这样放学后就能有更多的时间出去玩。

至于课外补习，我确实上过不少培训班。小学时我除了上过英语班和作文班以外，其他上的都是与功课没有关系的兴趣班，比如书法班与古筝班。我一个学期上的课外班一般就在两个左右。

剑桥英语是一年级开始学的，学了大概有两年。当时我在班上年龄算是最小的，老师讲的内容有很多不太明白，与后来学校里学的也不是很有关联，当然，在词汇方面肯定还是增加了一些积累。除了每次上课路程比较远以外，我也没有感觉什么特别吃力的。英语班的老师很温柔，我与班上的几位同学玩得也很好。他们就像大哥哥大姐姐一样带着我玩，让我收获了许多温暖与乐趣，只可惜后来不上英语班了便失去了联系，毕竟那时候我也没有 QQ 什么的。

学完剑桥英语，高年级的时候我又在一家名叫茁壮教育的培训机构学了一年新概念英语。几位老师都善解人意，课堂气氛很活跃，师生关系非常融洽。

在上书法班之前，我学过一个学期的水粉画。因为画不好，家长便让我改学书法。一方面，学书法不用运用色彩，另一方面，因为我性子比较急，学书法可以磨磨性子。

我的书法老师也换过几位。起初主要是妇女儿童活动中心的黄一民老师教的。黄老师教我楷书，他写的颜体字端正工整，几乎和字帖上的一模一样。他喜欢在我们的作业上画圈，圈中的字就代表写得好。那时候辅导班在市区，离我家比较远，双休日都是姥爷或者妈妈陪我一起去上学，并且尽量把时间安排在同一天里。好像那时我上午学的是英语，学完英语在附近的小饭店里美餐一顿以后便赶往活动中心学习书法。

后来，我转到庐阳区青少儿活动中心，由谢道佑老师教我书法，主要教我行书，一直教到现在。谢老师是安徽省知名书画家，不仅功底扎实，笔性灵动，对待学生也关心备至，循循善诱。我的科幻小说《脑控手机》出版前，曾问谢老师能否为我题写书名，谢老师爽快地答应了，还为我题写了一竖一横、一简一繁两种款式。

作文班我也是在庐阳区青少儿活动中心上的。第一位作文老师给我们的作文打分时，喜欢用苹果表示得分，苹果越多，则表示得分越高。每次作文本发下来，我都会迫不及待地数一数自己得了多少苹果，觉得很有趣味。后来作文老师换成了李传慧老师，李老师人很和蔼，也教导有方。除了写作以外，她还让我们每周做一篇阅读理解，在本子上摘录好词好句。她不仅致力于提升我们的写作技能，更重要的是培养我们对写作的兴趣。当时班级里的气氛轻松愉快，我在班上有一位好朋友叫刘庚，我经常喜欢在本子上写一些关于他的幽默的内容，老师也很愿意跟我们开玩笑。我还记得每次交作文时，我都喜欢在后面写上"日期、教师签名、得分、评语"等几个选项，老师每次都会耐心地一项一项去填写。

至于古筝呢，其实是这样的，当时我表弟在学钢琴，弹得很好，家长觉得我也应该学一门乐器。本来想让我也学钢琴，但后来又想最好兄弟俩学不一样的，于是就给我选了一个比较古典的古筝。由于我对古筝没有太大的兴趣，所以考过了四级以后，就没有继续学下去。

除此之外，因为我姥爷是合肥工业大学毕业的，而且一直从事教育工作，还当过数学老师，所以比较方便给我辅导数学。曾经有几个暑假姥爷给我讲过奥数，但是由于和学校里的数学关系不太大，加上我本身没有太大的兴趣，后来就没教了。

我小学时的数学成绩在班上比较突出，我也担任了许多学期的数学课代表。低年级时，我数学基本上都考 90 多分，甚至经常考满分，每次考试很快就能做完，剩下的时间都用来检查。当时的数学老师朱老师在班上经常表扬我，让我对数学充满兴趣，虽然上其他课我几乎从不主动发言，但是上数学课我总会抢着举手发言。后来由于几个学校开展教师交换活动，我们班换来了一位男教师董老师，很幽默，很认真，教学方法也很独特。

到了高年级，数学老师又换成了周老师，那时候数学难度加大，我学起来比以前吃力了一些。当时我们班有几位同学成绩都很好，并且对数学比我更有钻研精神，但是小学毕业考试，还是只有我考到了一百分。在考前周老师曾说谁考到满分就奖励谁一根棒棒糖，发成绩单那天，她真的带来了棒棒糖，当着全班同学的面奖励给了我，这一幕到现在我还记忆犹新。由此可见，其实不论是老师，还是家长，对孩子还是应该以鼓励为主，就像郑渊洁说的那样，"鼓励能将白痴夸成天才"。

说完了学习，再来说说玩吧。学习和玩，缺少了哪一样，都不算是完整的童年。

小学三四年级之前，我姥爷家里没有电脑，只有过节回淮南父母那里才能玩电脑。淮南家里虽然有电脑，不过也没有联网。那时候的电脑看起来还很笨重，用的是 windows 98 系统，安装游戏也都要靠游戏光盘，一个盘子能装很多游戏，可想相对现在的游戏来说是有多么简陋了。当时打砖块、坦克大战、打雪仗、打飞机类的游戏我都很喜欢，还有一款游戏我记不清名字了，好像是一只手拿着枪在迷宫里打怪物，子弹用完后就只能用拳头打。

要说给我印象最深的游戏，当属一款有关三国的游戏。写这篇文章的时候我又在网上搜索了一下，对比了当时的几款三国游戏，最后确定我玩的是日本 KOEI 公司出品《三国志英杰传》。即使是现在回想起来，我还是觉得这款游戏实在是太经典了。游戏的玩法是这样的，除了平常的一些人物对话以外，进行每场战役前都要先选择自己的将领。战役开始后，画面上会出现敌军和自己的军队。点击某员大将，画面上会出现该名将领可移动的范围。待自己的大将全部移动完，敌方再移动，交替进行。两方的大将若相遇便开始战斗，战斗是自动进行的，但是画面很有趣。不同的大将有不同的攻击方式，随着战斗次数的增多，等级也会得到提升。我还记得一开始狂点刘备的鼻子，可以直接升到 99 级。这款游戏不仅让童年时的我体验到了计算机给人类生活带来的乐趣，也让我了解到了一些有关三国的知识。

当然了，想要痛痛快快地玩上面说的游戏，也只有寒暑假回淮南的时候才行。平时在合肥虽然很难玩到电脑，但我们那时可一点儿也不缺玩的东西。我们学校里基本上是每隔一段时间就会流行某种游戏，流行的时候，各个年级爱玩的孩子都会在一起玩。现在想想，也真的是很有意思的事情。

一二年级的时候，我们经常玩"抓人"的游戏，要么是男生抓女生，要么是女生抓男生，如果实在没有办法，最好的方法就是往厕所里跑。

"打卡"应该算是流行时间最长、次数最多的一种游戏方式了。玩这个游戏，只需要几张特定的卡片作为道具即可。当时家属区里有许多小零售店，像卡片这样的小玩意儿我们都是在那里买的。打卡的规则是这样的：一般是四张牌，先反着放，然后双方（或多人）按照次序轮流拍。拍出某种情况，比如说三个反一个正的，这时候那几张卡片就归拍出这种情况的那个人。虽然听起来很简单，但操作起来却是一门技术活。打卡的方法有许多种，比方说在卡片旁边猛地拍一下，叫作"震"；用力扇一下，就叫"扇风"；靠吸力对着卡片拍一下，就叫"吸"，有时候还能借助用卡片制成的打卡器。每当打卡流行的时候，一下课，教室后面、走廊上，都会有许多孩子趴在水泥地上玩。

高年级的时候，我们玩打卡，主要用的是游戏王卡，当时我还专门买光盘看过《游戏王》的动画片。游戏王卡除了上面那种玩法以外，其实还有一种更为专业、更讲门道的玩法。游戏王卡分为怪兽卡和道具卡，每张怪兽卡上都印有一种怪兽的图案，并标出了该怪兽的等级和属性，道具卡则告诉你该卡有何功能。虽然卡片都是纸做成的，但由于内容不同，价值也不同，还有金卡与普通卡、正版与盗版之分。有的怪兽甚至攻击力、防御力都是无穷大，我记得好像有集其各身体部位的"黑暗大法师"、光之创造神、大邪神什么的。许多卡片组合在一起，便成了一套卡组，双方可以利用卡组进行决斗。游戏王对战实际上在国际上是很有讲究的，不过规则比较复杂，我一直没有完全弄清楚，也就是半蒙半认真地和当时的一位好朋友玩过。

打弹子也是我们经常玩的，也有两种玩法。一种是几个人一组，找一块土地，挖一个洞，然后轮流打弹珠，看谁能率先把弹珠打入洞里。这期间如果自己的弹珠碰到了别人的，则可以将对方淘汰。还有一种是在学校的空地上进行，有一些人蹲在地上，把弹珠摆在身前，另一些人则在规定的线上用自己的弹珠去打别人摆着的弹珠。如果打中了摆的弹珠，则那些弹珠都归打的人，如果打不中，就归摆的人。这其中还有很多规则，比如规定不能两个人同时打，如果同时打了，则算"双打"，两颗弹珠都归摆的人。弹珠一般就几毛钱一个，分为普通弹、金弹、大弹等。当时下课以后，空地上都会有一大群人热火朝天地吆喝着"双打不给钱不给本"打着弹子，颇为壮观。一到下课时间，我都会奔到场地上玩，算是我们班里最积极的人之一。当时语文课本上有篇课文叫《装满昆虫的口袋》，表现的是著名昆虫学家法布尔小时候对虫子的着迷。有天上体育课，我口袋里满是弹子，跑步的时候咯咯作响，同学见状，直说法布尔是"装满昆虫的口袋"，而我则是"装满弹子的口袋"。

　　陀螺与上面几种游戏比起来，算是高级一点儿的。当然我们玩的陀螺不是传统意义上用鞭子抽的陀螺，而是新型的"战斗陀螺"。起初我们是玩那种一块钱一个的陀螺。这种陀螺是用塑料制成的，体积很小，陀螺的四周是形状不同的攻击武器，捏着陀螺上方的把手使劲一旋便能在地上转动。几个人同时在地上转动陀螺，让陀螺相互碰撞，看谁的陀螺能转到最后。后来我们主要是玩广东奥迪公司生产的战斗王陀螺，好像这种陀螺这两年在小学里又流行起来了。这种陀螺非常精致，有各种装备。把陀螺装在发射器上，然后把藤条插进发射器，再使劲一抽，陀螺就可在地面上飞快转动起来。我记得有次还在路边捡到了个大铁盘加装在了陀螺上。那时候小店门口摆了一个奥迪公司生产的专门用来玩陀螺的盆。这种盆中间是陷下去的，把陀螺放进去，陀螺自然会相互激烈的碰撞，非常刺激。要说不足的话，就是有时候由于碰撞过猛，陀螺会飞出盆外，存在一定的安全隐患。

　　说完了陀螺，悠悠球自然也是不得不说的。一开始我们玩的是那种一元钱一个的悠悠球。这种悠悠球都是离合器型的，就是说把悠悠球抛下后，过很短的时间它便会自动回收上来。当时，我们也只会"睡眠"、"遛狗"这几种最简单的招式。后来奥迪公司的《火力少年王》播出了，那简直是给学校吹来了一阵悠悠球狂卷风。小区里面到处都能看见孩子们在玩悠悠球，都在玩奥迪公司生产的电视剧里的那种比较专业的悠悠球，招式也多多少少丰富了一些。即使抛开悠悠球不看，《火力少年王》这部电视剧也绝对算是国产真人动漫的经典之作，剧情充满创意，融合了青春、励志等充满正能量的元素，而且里面的李非、米莉也都成了小学生心目中的男神女神。

《火力少年王》的热播让奥迪公司欣喜若狂。一年后，奥迪玩具实业有限公司进行整体股份制改造，正式成立了广东奥飞动漫文化股份有限公司，并推出了《火力少年王2》。第二部中，演员的悠悠球技术长进了许多，剧情方面比第一部略逊但也算是保持了应有的水准。那时候我家里已经联网了，我就在悠悠球贴吧、火力少年王贴吧和陆梦馨贴吧里面讨论剧情，学习悠悠球招式。当时我用的是滚轴型悠悠球"火力银电 V"，已经学会了一些稍复杂的招式，虽然跟真正的高手比起来不值一提，但还是能让不了解悠悠球的人看得眼花缭乱。可以说，奥飞动漫的《火力少年王》系列是中国动漫和玩具产业一个极其成功的案例，它改变了传统玩具厂商直接制造玩具的单一模式，开辟了一种"动漫＋玩具"的新型模式，用动漫的热播带动玩具的销售，不仅赋予了玩具产品丰富的品牌特征、文化内涵与情感性格，也为奥飞集团带来了丰厚的利润，使之成为国内首屈一指的动漫玩具企业。

学校里的这些游戏，只要不过度沉迷，我认为还是利大于弊的。它丰富了我们的课余生活，为我们的童年留下了永恒的记忆。我的父母也都比较支持我。除了学校里集体玩的那些，还有一些也是我小时候喜欢玩的。

我玩过那种可以喷出火药的手枪，吹过泡泡，养过电子宠物、玩过四驱车，喜欢拼装飞机、坦克这样的军事模型，然后跟表弟模拟对战，也在水里养过小鱼、乌龟，甚至是"海洋生物球"。夏天的时候，我还喜欢去捉蚂蚱、捉蜻蜓……

我当时经常喜欢花几毛钱在学校小店里玩"摸奖"，就是从袋子里抽一张小纸，不同的数字对应不同的奖项。记得有一次我还从城隍庙买了一套抽奖的玩具，然后拿着里面写有特定数字的小纸条来到小店。我先从店方的袋子里抽出一张小纸条，然后趁老板不注意换成自己从家里带来的，最后还真的蒙混过关，骗过了店老板，换到了自己心仪的奖品。当然，这只是我年少时闹着玩的，奖品也不过一两块钱，我们在平时还是得诚实守信。

每到寒假回淮南的时候，我又特别喜欢放烟花。我每次都挨着街道上的小店，一家一家挑选喜欢的烟花。我买的主要是那种比较安全的、在近地面上喷火而不是升入空中的烟花。那时候我家里摆放烟花的屋子简直成了"军火库"，每天晚上我都要喊上一大家人陪我一起放，尤其是表妹江文思喜欢跟在我身后转。我放烟花的顺序也很有讲究，就跟晚会节目编排一样，比方说会把最好看的放在最后面作为"压轴戏"，而且大年三十和年初一那两天放的种类是最多的。

放假的时候，家人还经常带我去旅游，增加我的阅历。有段时间动画片《奇奇颗颗历险记》热播，家长就带着我和表弟、表妹去动画片中宣传的常州中华恐龙园玩了一番。虽然里面的很多项目我都不敢尝试，不过我还是觉得非常过瘾。

小学中高年级的时候，电脑就比较普及了，我在合肥这边也安装了电脑。在没联网之前，我玩过不少经典的单机游戏，比如《帝国时代》《红色警戒》《三国群英传》《忍者神龟》《孤胆枪手》等（手机游戏有《超级玛丽》《魂斗罗》和打飞机类的游戏）。一开始我们还不太具有版权意识，基本上都是买盗版游戏光盘装的，几个好朋友之间互相借着装。要说我那时最喜欢的游戏，应该属《仙剑奇侠传》和《神话时代》。

在《仙剑奇侠传》游戏系列里，我最先玩的是 98 柔情版，是好朋友曹晔宇介绍给我的。虽然画面现在看起来有些过时，但当时还是觉得挺新鲜的，剧情也格外吸引人。后来我又玩了《仙剑奇侠传 2》，画面精美了许多，操作也更加流畅。仙剑系列的第三部由于内容和前两部关联不大，加上 3D 风格我不太适应，就没有玩下去。我玩仙剑，除了玩战斗模式外，更重要的是体验其中的剧情。在仙剑游戏中，不论是人物的塑造、场景的设置，穿插其中的诗、词、歌、赋，还是对宿命、宽恕等主题的探讨，处处都能体现出对中国传统文化的继承，这种继承甚至涵盖了历史、地理、天文、医药等方面。正是这些特点让仙剑系列不仅成为国产游戏中的经典代表，也成了一种文化的象征。后来《仙剑奇侠传》改编成电视剧，也是中国第一部由电脑游戏改编成的电视剧。说实话，电视剧我当时只是觉得还好，没有特别入迷，不过还是要说，刘亦菲饰演的赵灵儿简直美翻了。

与仙剑那种角色扮演类游戏不同，《神话时代》属于即时战略类游戏，这也是我最喜欢的游戏类型。《神话时代》和《帝国时代》同样出自微软，基本内核也大致相同。但是比起《帝国时代》，《神话时代》的画面更加逼真，也更具有可玩性，尤其是引入了古希腊、埃及、北欧的众神传说，使得这款游戏颇具新意。一款好的游戏，除了要具备画面绚丽、操作顺畅等一些硬实力以外，也应该具有丰富的文化内涵，让玩家体验感官刺激的同时也能获得情感上的共鸣。

后来联网了，电脑一下子就"活"了。互联网像是一张大蜘蛛网，我们就像是小飞虫，一旦上了这张网，就会被死死地黏住。一开始我也不知道上网能做些什么，也就是漫无目的地找找游戏。新浪单机游戏频道有个聊天室，我有一天就满怀憧憬地点了进去。看见屏幕上许多网友在聊天，我也想参与进去。进行发言前，要先起个名字，我就用全拼胡乱打了个网名叫作"包办代替"。第一次跟别人在网上对话，看到我发出的内容竟然能得到远在千里、素昧平生的人的回应，我感到特别神奇，也非常兴奋。记得当时有一位叫"大葱"的网友跟我很聊得来，可惜我把 QQ 号的最后一位数字背错了，没能跟他（她）加上好友。

联网以后，我与小学同学也一起玩过一些网络游戏，比如《QQ 三国》《QQ 飞车》《QQ 自由幻想》《穿越火线》什么的，还有 QQ 游戏大厅里的《2D 桌球》。我当时很喜欢看央视五套的斯诺克转播，我的朋友曹晔宇喜欢丁俊晖，而我崇拜奥沙利文。不过现实中我不会打斯诺克，只是在网上稍微会一点点。

要说我玩的时间最长、投入精力最大的，那还是《QQ

宠物》，这款游戏也让我那时对腾讯公司有一种崇拜感。一开始 QQ 宠物只有企鹅一种，是通过"砸蛋"得到的。QQ 宠物那憨态可掬的造型十分惹人怜爱，让人感觉它好像真的就是自己身边的伴侣。它也需要喂食、洗澡，也会发烧、感冒，甚至长大以后还要上学、打工、结婚、生子……为了把 QQ 宠物养得白白胖胖的，我当时还花了不少 Q 币。

后来适逢猪年，腾讯推出了猪猪伴侣，最后直接做出了一款宠物猪猪。猪猪的形象设计十分出色，但是内容较为简单，后期甚至不再更新。再后来宠物熊熊也出来了，但是它的这种主要用来做任务的网游类社区让我不太喜欢。又过了一段时间，企鹅改版，改得很烦琐，我渐渐就不太登录 QQ 宠物了。猪猪、小熊也因为发展得不太顺畅，最终停止运营，我觉得还是挺遗憾的。

为什么《QQ 宠物》从当年的火爆一步一步走向没落呢？我觉得问题主要就出在我们上面谈的文化上了。本来腾讯完全可以赋予 QQ 宠物丰富的文化特征，比如猪猪的出现，游戏中说是一群猪猪发现了企鹅岛，这也顺理成章。但是后来腾讯方面并没有再让企鹅和猪猪发生关联，熊熊也是一个孤立的产品，甚至企鹅后来也基本上改成类似小熊的那种网游类社区游戏，失去了原先简单易用的特性。我认为这时候腾讯已经没有真的用爱心把 QQ 宠物当作"宠物"来呵护，只是单纯地把它当作网络游戏，只是一味地改善画面、增加噱头，却失去了原先的文化内核，也难免会遭到一些老用户的抛弃。

很多家长都担心孩子上网、玩游戏会影响学习，这种担心也不是没有道理。的确，孩子在小的时候自制力比较差，很容易沉迷到游戏中去。但如果说一点都不让孩子沾电脑，那也是不实际、不合理的。游戏可以玩，但一定是在保证功课能够按时完成的前提下玩，一定要分得清虚拟和现实。我们需要考虑的不是让不让孩子接触游戏和网络，而是要思考玩什么样的游戏、如何把握一个度。

虽然小时候我和同学们玩过不少东西，但总体来说我还是一个比较内向的人，只是在一些好朋友面前比较能放得开。比方说，当时我有一位形影不离的好朋友叫曹晔宇，有段时间真是天天一起上学，一起放学，还一起养过蚕和兔子。每天放学以后写完作业了，我们要么在一起打卡，要么一起聊最近看的书、玩的游戏，要么一起去吃辣条，甚至当时我们还想过，长大以后要开一家生产好吃又健康的辣条的食品公司。不过现在看来，辣条这个东西虽然好吃，但是很不卫生，还是建议大家不要去吃。

还有朱成亮，我也经常跟他打弹子，晚上没事就打着问作业的幌子打电话跟他聊天。再比如袁振飞，当时我们喜欢一起讨论《火力少年王》，直到现在，我们都经常联系。

当然，我的表弟和表妹也同我非常要好。表弟是 2000 年出生的，也在六十四中上学。我们从小就是一起长大的，虽然小时候也喜欢打打闹闹，但关系可以算得上亲密无间了。表妹在淮南上学，每次回淮南我们都会在一起玩，甚至有段时间她天天住在我家，暑假里还来合肥待过一段时间。

至于集体活动，因为性格原因，我一般是不太喜欢参加的。只有一次，是二三年级的时候，当时的数学老师想要在班里举行一次元旦晚会，竟然选定我当男主持人。那时候，大概是年纪小、不懂事，胆子还大一些，提前准备了台词，现场发挥得也还好，要是放在现在，想都不敢想。

记得还有一次，学校要举行什么节目表演，要求每个班的同学都带椅子到操场上观看。我一直觉得唱啊跳啊什么的都挺无聊，就没带椅子，偷偷和曹晔宇跑到他家里去玩游戏王卡。结果第二天班主任很生气，当着全班同学的面把所有偷跑的人都狠狠地教训了一顿。

当时，我自己"发明"了一种一个人待着时玩的游戏。游戏主要是正义的部队和邪恶的部队进行对战，后来我就把它叫作"坦克大战"。游戏的方法是这样的：在一张纸上，用圆圈代表士兵，用简易的正方形和长方形组合代表坦克，用三角形后面带线条的图形代表飞机，有时还会画上复杂的军舰等。同时，在士兵、坦克或是飞机内部，画上笑脸就代表是好人，哭脸则代表坏人，然后双方进行对战。坦克比士兵厉害，飞机比坦克厉害。没事干的时候，我就喜欢拿这个自娱自乐，有时候能把一张白纸画得满满的。

我还经常喜欢胡思乱想，想象动画片中的场景，甚至直接把自己当作动画片或影视剧中的角色，然后展开想象。我经常听鞠萍姐姐讲故事的磁带，听着故事内容，脑海里立马就能浮现出相应的画面。我当时看《名侦探柯南》，柯南老是不把自己是新一的真相告诉小兰，我觉得心里很着急，就会把自己想象成柯南，想象自己把真相告诉小兰的情景。

有段时间，《虹猫蓝兔七侠传》热播，我又在玩陀螺和《神话时代》，就把陀螺、动画片和游戏的内容结合在一起，加入全新的设定，从而构思出了一个故事。我把那些陀螺看作是从冥界来到人间的地狱士兵，他们信奉主神波塞冬。陀螺的领袖叫作"地狱之王"，也就是我家里最厉害的那个陀螺，它还拥有自己的灵兽叫作"怒江灵豚"。而虹猫、蓝兔和一些虚构出来的角色则代表正义，他们信奉宙斯，要寻找七剑传人来对付"地狱之王"。后来我觉得，除了在脑海里想象以外，我也可以用笔把故事写下来。于是我就在本子上连载起了脑海中的故事，还写了一些关于恐龙和QQ宠物的文章，并把这些发到了搜狐博客上。当时家长也比较支持我，我小姨经常帮我在电脑上打字，妈妈和姥爷喜欢向别人宣传我的博客，二姨还假装网友在文章后面留言鼓励我。

除了写作以外，实际上那时我就很有广告意识，每篇文章前面总要加点"吹牛"的内容。小时候，我还把自己获得的奖状都贴在家里的墙壁上，做了一个展示页面。六年级的时候，我还用 Frontpage 软件制作了一个"黄韦达精品社区"网站。那时候，我真是争分夺秒地做这个网站，每天一大早就爬起来做。后来网站做得差不多了，不过不知道该如何上传。

很小的时候，老师就经常问我们长大以后想要做什么，一开始同学们大多人云亦云说想当科学家，但我除了偶尔想当天文学家（因为我小时候对飞碟、外星人什么的很感兴趣），大部分时间都是想当一名作家。开始写这些小故事以后，我想当作家的冲动就更加强烈了。可以说，从小到现在，我都喜欢写小说，除了对文字本身的喜爱以外，更重要的是一种故事性的表达，也就是编故事。文字是一种方式，拍成动画片、影视剧，也是一种方式。

说到动画片，也有许多值得谈的。在我看来，看动画片，包括我们小时候听的故事磁带，都是刺激小朋友想象力的很好的方式，也是促使我走上写作道路的重要因素。

那时候，欧美的动漫我看过的有《玩具总动员》《米老鼠》《兔宝宝》《猫捉老鼠》等几部，不算太多，我主要还是受日本动漫的影响比较深。

很小的时候我看过《蜡笔小新》和《假面超人》等，上小学以后，合肥电视台有个"卡通王"栏目（后来叫"卡通派"，再后来好像停播了）。栏目播放的《哆啦Ａ梦》可谓我童年时最喜欢的动画片，不仅各种神奇的道具让我眼花缭乱，其中的一个个小故事也给我带来了许多温暖和感动。

安徽经济生活频道中午也有一档动漫节目，我记得放过《樱桃小丸子》《七龙珠》和《圣少女》。当时合肥还有一个有线点播台（后来叫五星电器点播台，再后来好像也没有了），我经常守在电视机前看着别人点的《数码宝贝》《神奇宝贝》《灌篮高手》等精彩的动画片。除了这些，我小时候还看过《铁甲小宝》《四驱兄弟》《弹珠警察》《名侦探柯南》《超级酷乐猫》《宇宙英雄奥特曼》《迪迦奥特曼》，等等。

有些国内专家对日本动漫进行过义正词严的批评，甚至上升到政治的高度，可是我觉得，日本动漫，尤其是现在的日本动漫，确实有一些是色情、暴力、反动的，是应该坚决抵制的；有一些带有成人色彩，存在争议；但也不可否认，很多日本动漫的确有其过人之处，是符合孩子口味的，也能向孩子传递正能量。

与有些人坚决抵制日本动漫不同，也有些人，往往是资深动漫爱好者，又特别推崇日本和欧美动漫，认为国产动漫一无是处。这种观念，我觉得从立场上说可能就有很大问题，同时，从现实的角度看也是不客观的。在大部分国人的理解里，动画片就是拍给小孩子看的，所以一部动画片拍得好不好，最有发言权的还是儿童。尽管小时候日本动漫让我非常着迷，但优秀的国产动漫同样给我带来了许多乐趣。

一二年级的时候，我每天下午放学回家就期盼着看央视一套的《大风车》栏目。央视的少儿主持人，像鞠萍姐姐、董浩叔叔、金龟子、月亮姐姐、小鹿姐姐等，我小时候都挺喜欢。《葫芦娃》《哪吒闹海》《沉香救母》《西游记》《大头儿子与小头爸爸》《海尔兄弟》《蓝猫淘气三千问》等，都是我小时候很喜欢的国产动漫。新世纪以来，《哪吒传奇》《快乐星球》《奇奇颗颗历险记》和《虹猫蓝兔七侠传》也拍得引人入胜，尤其是我们在特效方面的进步比较显著。

当然，总体来看，日本动漫可能多多少少都会有些成人化的东西在里面，经常会有一些青春、热血的元素，国产动漫则大部分比较低龄，有时候可能还会带有一些说教的意味在里面。这些年的《喜羊羊与灰太狼》《赛尔号》等动画片已经完全低龄化。这种差别，我觉得也不是说孰优孰劣，只能说思维方式不同，各有特色，都应该存在，都应该发展。但是从某种程度上说，可能这又能反映出一个国家对动漫产业的重视问题。我觉得，即便一部动漫是专门拍给儿童看的，标准也应该向正规的电影制作看齐。

回顾新中国的动漫历程，建国初期曾经有过一段辉煌的历史。水墨画风格的动画《小蝌蚪找妈妈》《九色鹿》等在世界动画界开创了一片属于自己的天地，受到了极大的关注。改革开放之后，中国动漫迎来了第二个繁荣时期，诞生了《葫芦兄弟》《黑猫警长》这样的动漫经典。在国家高度重视文化产业的今天，我们的动漫产业以前所未有的高速度发展着。

平心而论，与日本和欧美动漫比起来，中国现阶段的动漫产业还不够成熟，虽然不乏优秀作品，却也存在一些千篇一律、刻意模仿、流水化作业的平庸之作。但是话又说回来，是不是因为发展得不够成熟，你就要完全否定它，甚至不管不顾都要劈头盖脸地冷嘲热讽一番呢？在我看来，对于中国动漫，首先应该是鼓励，是支持。如果国人自己都不支持，中国动漫又怎么能发展呢？批评固然也是要有的，但是批评之前你先扪心自问，你是出于什么心态而批评的？不要为了批评而批评，而要为了中国动漫更好地发展，真心实意、讲求方法地指出各种不足。

作家伍剑曾经说过："一部作品的好坏最终还是取决于是否有特点，如当下流行的美剧、日漫等，都有一定套路，但火的都是极具个人特色的。只有让观众觉得新鲜、特别，才能拥有自己的市场。"我觉得伍老师的这段话说得一针见血。我认为，国产动漫应该同时具备民族特色与国际视野。在具体细节上，要有自己的个性，可以适当借鉴，但不要全盘模仿；在胸怀上，要放眼全球，要敢于与外国动漫平等竞争。

在我看来，我们国家现阶段的动漫产业，一来，未必所有动画片都要低龄化，未必完全把小孩子都当成一张白纸，或者说有时候也可以拍一些成人动漫。二来，画面固然重要，但也不要本末倒置，毕竟创意、情节才是根本。三来，不要强行列任务、定指标，数量当然是一个方面，但更重要的是质量。如果你强行规定一个公司每年必须出多少部作品，人家怎么来得及？来不及，只能东拼西凑、胡乱模仿。好的作品往往是要经过时间打磨的，一部优秀的作品比一百部平庸之作带来的社会价值要大得多。

总而言之，国产动漫的发展，不仅需要从业人员有过硬的基本素质，要有一颗热爱动漫的心，也需要各行各业共同努力，打通影视、游戏、玩具等产业链。而作为观众的我们，也应该尽可能地给予国产动漫鼓励与支持。我相信，经过所有人的不懈努力，在不久的将来，中国动漫一定能够取得长足进步，并骄傲地屹立于世界动漫之林。

除了动画片，我小时候也看过不少影视剧，不仅开拓了视野，也了解了成人世界里的许多知识。

先说电视剧吧。小学以前记忆比较深刻的有《还珠格格》《上错花轿嫁对郎》和《情深深雨濛濛》。后来记得张卫健、欧阳震华等几个香港演员的电视剧非常流行，《小鱼儿与花无缺》《陀枪师姐》等都十分精彩。像《长征》这样的经典战争片，以及老版本的四大名著电视剧，我看了很多遍。古装片我也看了不少，如《大汉天子》《铁齿铜牙纪晓岚》《神探狄仁杰》《少年包青天》《康熙微服私访记》等。还有就是神话片，《封神榜》《八仙过海》《新白娘子传奇》（当时觉得赵雅芝太美了）《宝莲灯》什么的我都挺喜欢，尤其是《西游记后传》，编剧的创新精神和架构故事的能力实在值得称赞。不过要说那时候最吸引我的，还得数武侠片，比如好几个版本的《绝代双骄》，还有风靡一时的由何润东、赵文卓主演的《风云雄霸天下》。

当然了，要说武侠大宗，那还得属金庸前辈。首先是《射雕英雄传》，堪称经典的翁美玲版我小时候好像还真没怎么看过，第一次看的就是朱茵版，非常喜欢。朱茵不仅天生丽质，也把黄蓉的可爱、俏皮表现得淋漓尽致。后来，大陆拍摄的李亚鹏、周迅版《射雕英雄传》来势汹汹，我也跟着家长看了一遍。同样是李亚鹏主演的《笑傲江湖》、陈小春主演的《鹿鼎记》以及苏有朋、高圆圆、贾静雯主演的《倚天屠龙记》，那时候都经常播出，接着是《天龙八部》。香港黄日华、陈浩民版和大陆胡军、林志颖版的《天龙八部》我都看过，都很不错，相对来说大陆版的场景更大气一些，扮演"神仙姐姐"王语嫣的刘亦菲当时年龄还很小，却已经惊为天人，真是那时候我心目中最唯美的女神。

在所有由金庸小说改编的电视剧中，我看过的版本最多的是《神雕侠侣》。小时候刘德华、陈玉莲版，古天乐、李若彤版，李铭顺、范文芳版的我都断断续续看过，任贤齐、吴倩莲版的印象中好像没看过（或者我当时压根没把黑衣小龙女当成小龙女），但是这一版的主题曲那时候真是火得没话说。这几版里面，陈玉莲版给我的印象最为深刻。

到了2006年，大陆导演张纪中也拍了一部《神雕侠侣》。刘亦菲饰演的小龙女容貌没话说，只是我感觉看起来和杨过年龄有些不搭。这一版场景很华丽，不过我觉得有些地方好像有些过犹不及。比如光线打亮一点，画面显得比较精致，但如果总是那么亮，就感觉有些刺眼，比如有些场合演员长发飘飘，感觉很唯美。但如果吹风机一直吹个不停，演员的头发时时刻刻都是飘着的，反而感觉有些碍眼。

　　2014 年底，由于正担任编剧，陈晓、陈妍希主演的《神雕侠侣》开播，引来了不少网友的吐槽，但基本上是冲着小龙女来的，甚至戏称小龙女为"小笼包"。陈妍希在大家的印象里，可能还是《那些年我们一起追的女孩》里的"初恋女神"沈佳宜，一开始我也觉得她扮演的小龙女和以往小龙女的高冷形象不同，但正是这种不同，给人一种新鲜感。而且恰是陈妍希的本色出演，将小龙女不谙世事的一面表现出来了，我也真的觉得这种接地气的邻家姑娘很萌很可爱。这一版的片头曲很好听，一些配角人物的塑造非常出彩。剧情方面，除了有些回忆戏感觉节奏比较慢，其他我都觉得很不错。

　　在电视剧方面，我还想着重回顾一下喜剧。我看书或者看电视剧，总体而言还是比较喜欢一种轻松愉快的氛围，所以喜剧比较适合我。很小的时候，我看过《闲人马大姐》《东北一家人》这样的经典情景喜剧。后来《武林外传》横空出世，当之无愧是新型喜剧的巅峰之作，人物设定让人耳目一新，各种台词让人捧腹大笑、欲罢不能。几乎是同一时间，《家有儿女》也出来了，虽然形式比较传统，但内容很贴近学生生活，演员很有个性，我们全家都爱看。

　　作为安徽人，有一部喜剧是不得不说的，那就是《我爱饭米粒》。这部电视剧不是安徽台拍摄的，而是引进湖南经视的《一家老小向前冲》，然后进行本土化配音。湖南经视的《一家老小向前冲》，实际上也是改编自广东的《外来媳妇本地郎》。但即使不是原创，我觉得引进这部电视剧也是安徽影视频道的神来之笔。剧本好是一个方面，方言配音更是其中的灵魂，让我们感觉剧中家长里短的事情就发生在自己身边，具有浓郁的地方特色和本土情结。我觉得不论是从事文学创作还是影视创作，不一定非得以曲高和寡为标准，非要弄得别人看不懂，像《我爱饭米粒》这样广大人民群众喜闻乐见的优秀的作品，有时候其实更加可贵。"生活就是油盐酱醋再加一点糖，快活就是一天到晚乐呵呵地忙"，《我爱饭米粒》从我小学开始就反反复复地播放，一直播到现在，每每看到严家老小在那里嬉笑怒骂，我心中的烦恼自然就都灰飞烟灭了。

电影方面，成龙、李连杰、吴京等主演的武打片我很喜欢看，周星驰因为后期不怎么拍片了，虽然名声在外，我小时候基本上只看过他的《长江七号》，非常好看。这里我主要想讲一下跟我最有缘，也是对我来说最重要的一部影片：《机器战警》。这是一部科幻电影，讲述了这样一个故事：2020 年的底特律市，犯罪率高居不下。警察墨菲在执行一次任务时被一伙暴徒枪杀，OCP 公司将他的大脑和机械合二为一，使他成了一名机器战警。墨菲在成为机器战警后，一边打击罪犯，一边努力地寻找自己作为人类的记忆……

记得很小的时候，我跟家人去合肥三孝口科教书店买光盘，大人在那里找当时一部很流行的片子，我记不得名字了，就在那儿瞎转，一下子被一个蓝色的机器人给吸引住了，一看片名，就叫《铁甲威龙》。《铁甲威龙》是香港译名，大陆这边因为2014年新版电影的上映，正式翻译为《机械战警》，不过我还是更习惯叫台湾那边的翻译名《机器战警》。把碟子买回来以后，先放了大人买的那部影片，一放大家都感觉不好看，于是改放《机器战警》，觉得特别有意思。后来暑假我到淮南，又看了《机器战警2》，动作场面更火爆。当然我那时可能看不懂剧情，只是看两个机器人打得很过瘾。因为当时我家还没联网，信息不通畅，后来我就没再看过这个系列了，但一个腿部能装枪的正义的机器警察形象却一直印在我的脑海里。

大概是五六年级，小姨夫带回来一个《铁甲威龙2》的光盘，又让我找回了小时候的记忆，并从淘宝上网购了电影的第三部和系列电视剧的光碟，那也是我第一次网购。那时候除了看特效场面以外，我也更能理解这部影片所表达出来的深刻内涵，当上了百度《机器战警》吧的吧主，还买来了许多"机器战警"模型。正是这部影片，让我对科幻产生了兴趣，从而接触到《终结者》《侏罗纪公园》等经典电影，也在我的心中为后来从事科幻创作埋下了一粒种子。

当然了，看影视剧是一方面，看书也是不可替代的。阅读除了能增加知识面、提高写作能力以外，也能够开发想象力，甚至从某种角度上说比动画片更能刺激想象力。因为我们看动画片，画面是直接呈现出来的，但是看书，需要读者运用想象力把文字转化为画面。

那么，孩子小时候应该看什么样的书呢？我认为经典要读，但更重要的是尊重孩子的兴趣，让孩子自己去选择。家长可以引导，但不要强行干预。

我小学的时候，除了看漫画书以外，主要看的是一些故事书，比如《一千零一夜》《吹牛大王历险记》《格林童话》《安徒生童话》《鲁滨逊漂流记》《木偶奇遇记》等。小的时候是家长读给我听，识字以后主要是自己看。因为我家漫画书比较多，有段时间我还想出了一个鬼点子，在班上做起了生意，就是我借书给同学看，借一次收一角钱。

当时我们学校也有杂志订阅项目，我每次都是班上订阅最多的。我看过《米老鼠》《儿童文学》《我们爱科学》等杂志，尤其喜欢看《童话世界》。低年级的时候我们订的是《童话世界B版》，文章相对浅显一些，中高年级的时候订的是《童话世界A版》，"砸吧砸吧酷"栏目里面的文章幽默风趣，格外好看。

要说小学时最吸引我的，那还是郑渊洁的作品。有次我妈给我买书，买来了外国作家的《冒险小虎队》系列、杨鹏的《校园三剑客之异空间入侵》和郑渊洁的《皮皮鲁总动员之大灰狼罗克》。《冒险小虎队》我那时候看了不少，主要是它那个"解密卡"比较吸引人。当时我看到郑渊洁的《大灰狼罗克》的封面，觉得这书肯定没什么意思，就挑了《异空间入侵》看了起来，把《大灰狼罗克》借给了曹晔宇看。杨鹏的这部小说，我当时非常喜欢，真是既悬疑又精彩，就是有些地方有点恐怖。曹晔宇看了《大灰狼罗克》以后呢，也说非常好看，所以他还给我以后，我也看了起来。一看郑渊洁的这本书，我就着迷了，就觉得还真是从来没读过这么好看的小说，于是和曹晔宇一起接连买了许多本《皮皮鲁总动员》系列图书，互相交换着看，从此成了"童话大王"郑渊洁的铁杆书迷。

郑渊洁的童话，可谓天马行空、独树一帜，除了最早期的几篇，其他的基本上都和传统童话风格迥异。传统童话可能比较习惯用小动物做主角，用一些比较简单的故事，讲一些比较浅显的道理。郑渊洁的童话则在内容和形式上都对传统童话进行了突破，很多都是以人为主角，讲述他在生活中遇到的一些超现实的事情，或者是得到了某种具有超能力的物品，由此引发的一系列奇遇。

如果我们不说成人童话，那基本上可以说童话是面向儿童的，属于儿童文学的范畴。可能有些人会觉得你写儿童文学就是没水平，就是骗小孩子钱，这其实是一种可笑、肤浅的偏见。从社会的角度来说，儿童文学是非常重要的。我们都说儿童是祖国未来的花朵，那么我觉得儿童文学就是浇灌这些花朵、陪伴他们成长的雨露。儿童文学是必不可少的文学门类，它不是不讲究艺术手法。儿童在读书这方面比成人还"精"，你写得不好，儿童根本翻都不会翻。也就是说，一部好的儿童文学作品，是需要作者用心去写、付出许多心血的。当然了，由于儿童文学市场比较好，确实有一些作者完全出于利益因素，写一些没有营养、品质低劣的童书，这种现象是存在的。而儿童由于分辨能力较弱，往往又容易受这种低劣读物的误导。但是这种现象并不是儿童文学本身的错，而是那些没有良心的贪财作者和出版商的错，这是要区分开的。

从五四运动以来，我们对儿童文学的认识趋向于"儿童本位说"。也就是说，儿童文学不要以大人的姿态来写，不要故作高深、以教伤乐，要尊重儿童的天性，不要把儿童成人化、复杂化。郑渊洁的前期作品基本上符合这个原则，后期却逐渐有成人化的倾向，但是他的这种成人化，却又不像以往的作家那样有一种教化的姿态。按照他的解释是，因为他的第一批读者也长大了，他实际上是写给他们看的，也有可能他认为有必要让儿童提前接触一些成人的东西。

郑渊洁后期的作品，严格来说属于成人荒诞小说，对某些社会现象的批判比较激烈，有些地方可能还包含一些少儿不宜的隐喻。对于他的后期作品，争议就比较大，有些人觉得这是郑渊洁最炉火纯青的神作，有些人就觉得是他走向堕落的作品。我是这样认为的，如果把他后期的作品看成成人小说，那就完全没有问题，如果看成写给儿童的童话，以传统的观点来看确实有些不妥。如果是特别小的孩子，可能不太适合看未删减后期的作品，但是对于一些已经有了一定思考能力的孩子，接触这些也未必是件坏事。

从我个人的角度来看，实际上我是更欣赏郑渊洁后期的作品，这些作品也是我读起来感觉最过瘾的。当然了，可能其中有些内容由于过于成人化，儿童理解不了。比如郑渊洁的一部长篇小说《金拇指》，当时买回来，我翻了好几次，每次都试图看下去但最终都不得不放弃。后来长大了，有一次我再拾起来看，终于看进去了，而且一发不可收拾，我认为这是郑渊洁最成熟的小说作品，无论人物塑造，还是社会内涵，都较以往的作品有了很大的突破。

郑渊洁小说的最大优点是想象力极其丰富。幻想类小说最需要的就是想象力，或者说创意。如果写科幻小说，可能还需要考虑现有的科学理论，但郑渊洁的这种荒诞小说可以说天马行空、无拘无束。与此同时，小说的情节也就能非常充分地展开，能够非常曲折离奇、畅快淋漓。

读郑渊洁的作品，你会发现和读其他人的作品感觉很不一样。他的语言很简单、很特别，有时候一大段话都不加一个标点符号，同时，又非常幽默，语言的背后总是能蕴含着他自己的一些独到的思考或者对一些社会现象的讽刺，尽管有些地方可能过于偏激，但至少是作者独特的思考，极富个人色彩。作家杨鹏就曾说过："许多人认为郑渊洁在词汇运用上不讲究，是'挖干了'的童话。我个人的看法正好相反：郑渊洁拒绝文绉绉的文学描写，重视语言的张力，追求瞬间让人瞠目结舌的语言爆破感。他的写作手法不拘一格，绝不是为了评论家的吹捧、文学界的评奖以及在文学史上留名，他的创作只有一个衡量标准——读者的口味。这使他摆脱了当代评论家们横加在童话创作上的条条框框以及思维桎梏，创作时无拘无束、天马行空，这正切合了童话创作的本质。我个人认为这是一种真正的、超凡脱俗的写作，是最接近童话的精神。"

当然，也有一些人从文学批评的角度指出了郑渊洁作品的一些局限，说得也有一定的道理，而且也很正常，毕竟"萝卜青菜，各有所爱"。但是你想，哪有十全十美的作品呢？普通读者在读一部作品的时候，哪用考虑那么多？从我个人的喜好来说，我是不太喜欢那种曲高和寡、枯燥无味的所谓精英文学，或者说纯文学、严肃文学，我喜欢的往往是像郑渊洁的小说这样的人民群众喜闻乐见的大众文学。我们不能做市场的奴隶，不能为了迎合市场粗制滥造一些品质低劣的烂俗作品。但在价值导向正确的前提下，在拥有一定文学性的基础上，一部作品能够取得市场上的成功，当然是一件好事。换句话说，书卖得多不容易，书卖得多又能拥有独一无二的气质，那更是难上加难。放眼中国文坛，也许名家有很多，但是郑渊洁，只有一个。

可以说，正是郑渊洁的作品，促使我真正走上了写作这条道路，让我感觉想象力完全被释放了，也很喜欢模仿他的那种的独特的写作风格。但是郑渊洁对我的影响还体现在为人处世的各个方面，可以说是一种全方位的塑造。

当时在郑渊洁的影响下，我的人生观、价值观、世界观发生了很大的改变。

一来，我更加追求个性，或者说我本来就是一个很有个性而且比较幽默的人，看了郑渊洁的书以后，觉得"臭味相投"。当时老师上课提问，我就喜欢表达一些自己独特的思考，引得哄堂大笑。比如当时语文老师问我，钱学森站在甲板上，心里是什么心情？我就开玩笑说，他会不会担心船沉下去啊？

二来，我感觉更有自信，觉得自己很有写作天赋。比如我当时就给了自己一个定位："Q宠资深学家、恐龙专家、天才作家、郑渊洁超级书迷、悠悠球高手、火力少年王支持者馨迷（寿司）"。

三来，不迷信权威。在学校里，自然要认真学习，但同时不要迷信课本，也不要瞧不起学习不好的同学。可能有些同学不擅长学校里的这种学习，但是在其他方面却很有才能。

郑渊洁能对我产生的这种影响，与他本身的独特个性密切相关。比如我们看郑渊洁的《智齿》这本书，书中的主角梁功辰在很大程度上就是郑渊洁自己的写照，从梁功辰身上，我们可以看到郑渊洁本人的性格特点。

比如，郑渊洁的学历只有小学四年级，他就经常在作品里讽刺学校，《智齿》里就说了："梁功辰在二十岁以后猛然发现，上学的过程其实就是老师用宽胶带捆绑学生的过程：小学捆绑脚和腿，中学捆身子和手，大学捆头。从头到脚捆得你不能动了，再发给你一张证书。"

比如，郑渊洁喜欢特立独行，反对盲从权威。书中就说："天才和非天才的区别之一：天才眼中看到的都是谬误，然后纠正它。非天才眼中看到的都是真理，然后盲从它。"

比如，郑渊洁早期是非常自闭的人，而且在写作的头二十年里几乎不接受媒体采访。书里面就说了："天才和非天才的区别之二：天才对人际关系无所适从。由于天才的思维与行为都与众不同，由此他们和普通人不可能融洽相处，只会格格不入。人类历史上的天才几乎都是孤家寡人的'个体户'。"书里面的梁功辰还说："作家应该只用笔说话，不用嘴说话，声带是作家身上真正的痔疮。"

比如，郑渊洁虽然写了这么多书，但几乎不看其他作家的书。书中的梁功辰就说："写小说的人基本上不能看别人写的书，看生活就行了。写作的真正乐趣是独处。喜欢扎堆儿的不是作家，是群居的蚂蚁。作家只和作家交往，本质上是同性恋。写作本身没有任何值得探讨的地方。同行之间的借鉴和启发是写作的头号敌人，对生活和生命的独到感受才是文学的真谛。写作没有技巧，无须切磋。就算有技巧，最高级的也就是使用前人没使用过的技巧。"

再比如，郑渊洁鄙视作协里少数的那种拿着工资、自己又不会写、只会对其他作家说三道四的所谓作家。书里面就说："完全靠稿费生活的作家最牛。靠纳税人养活的不是作家，是作假。"

从小学毕业的那个暑假起，我就开始创作一些与郑渊洁风格相似的童话作品，前期主要是以郑渊洁的童话人物为角色进行写作。我还参加了第二届皮皮鲁作文大赛，只可惜一直没有评奖，最后不了了之。当时郑渊洁在北京有个皮皮鲁讲堂，他和他的儿子郑亚旗作为老师给孩子上课。我经常在皮皮鲁讲堂的博客网站上发表文章，包括日记和原创童话。

那个暑假，我去北京参加一个全国书画摄影大赛的现场决赛，准备顺便去皮皮鲁讲堂看看。我四叔、四婶住在北京，带我们去了皮皮鲁讲堂所在的SOHO现代城。SO-HO现代城与我当时想象中的不太一样。我想象中的是像一条大街，街边有很多房子，而真实的情景是一座大楼里有许多小房子。就好比现代城是"妈妈"，里面的房子是"孩子"。这样好处很多，既节省空间又凉快。我怀着激动的心情进了电梯，上了十五楼，走出电梯，正对着我的就是期盼已久的皮皮鲁讲堂。可是我兴奋过后又有些失望，因为敲了半天的门也没人开。我只好用照相机拍了拍墙上贴着的童话海报。

过了几分钟，我们正准备走，突然门打开了。说明了情况后，一位慈祥的女老师把我们请了进去，我的心情又重新兴奋起来。皮皮鲁讲堂不算大，只有一间教室。我们找那位老师买了2008年的《皮皮鲁》杂志。她把书拿给我的时候，突然问："你是'机器战警'吗?""机器战警"是我在皮皮鲁讲堂网站的用户昵称，我一愣，立马点头说"是"。她笑着说我在网站上很有名啊，经常催着审核文章。

说我写得挺好，又说怪不得这几天没看到我上网呢，原来我来北京了。接着，她又送给我珍藏版的红桃老 K 扑克牌，还给我照了张相。我现在还后悔，怎么没给她也照一张相作为留念呢。

随后我们聊了一会儿，她拿出一张纸让我写下我的名字以及电话号码。就在这时，一个高高瘦瘦的年轻人走了进来，戴着眼镜，头发不多。我猛一看，感觉好像是郑亚旗，但又不太确定，那位老师没说他是郑亚旗，我也就没敢当面说。事后我想想，那还真是郑亚旗。

那次在北京，四叔、四婶还带我们去电影院看了一场电影。我们看的是由吴宇森执导的国产大片《赤壁（上）》，由梁朝伟、金城武、赵薇等主演，当时红透半边天的林志玲也在剧中出演了小乔这个角色。这是我第一次去电影院看电影，不仅让我体验到了在小屏幕上无法取得的观影效果，也让我感受到了电影院的那种观影气氛。回到合肥，很快我又去电影院看了《赤壁（下）》，并且从此爱上了去电影院看电影。

总之，这次北京之旅让我收获了许多，也为我的小学生涯画上了一个圆满的句号。

小学快毕业时，妈妈为了照顾我回到了合肥，我家也搬到了经开区。该在哪儿上初中呢？妈妈认为要先考虑好以后准备上哪所高中，因为合肥市实行高中均衡教育，将三所省重点高中一中、六中、八中同批次统一分数线并摇号录取，一中和八中是寄宿制学校，但三所学校都离家较远，所以妈妈就打算，以后高中时让我上离家较近的合肥一六八中学。

一六八中学分为初中部和高中部。因为高中想上一六八中学，所以妈妈就决定最好初中也在一六八中学上。于是，我就报名参加了一六八中学的自主招生考试，而且被录取了。当时初中部是以英语成绩进行分班的，我英语考得不错，就被分到了 A 班。

一六八中学从硬件上看，与我的小学可以说有天壤之别。不仅面积更大，各种设备都先进许多。初中各学科的难度相较于小学都有了一些提升，不过我也没有学得多么吃力。刚入学的时候，我是班上十几名，后来基本上都在班上前五名。因为成绩不错，老师特批我可以不在学校上晚自习，再加上我作业写得比较快，所以晚上有很多时间用电脑，老师曾笑着说我真闲。那时候，学校对我们的全面发展也还算比较重视，比方说生物和地理中考不考，但初一、初二老师在教学上也比较认真。

初中的老师都比较年轻，比较容易和学生打成一片。年龄最大的老师就是我们的班主任，也只有三十出头。当然了，有时候学生的听话程度确实是和老师的脾气程度成反比的。

　　班主任曹亚娟老师要求我们每天写日记，这不仅能锻炼我们的写作能力，更重要的是可以为以后留下一份回忆。我们在初三以前基本上天天写日记，而且每次我写得都很长。当然，这个也要根据实际情况，不一定天天写，也不一定非要在本子上写，但至少每隔一段时间应该写一篇。

　　我写日记，除了记录生活中的点点滴滴以外，也经常写一些童话。那时候我的童话创作进入了一个高峰期，各种奇思妙想层出不穷。我开始创作一套以刘海洋和陶艾艾为主角的童话故事。刘海洋和陶艾艾是一对可爱的双胞胎，也是滨湖市的两个小学生。他们生活在一个宽松、和谐的家庭里。在他们的身上，总是会发生许多不可思议的事，一会儿通过时光隧道回到了六千五百万年前的恐龙世界；一会儿又在海洋馆里遭遇鲨鱼袭击；一会儿把自己的大脑改造成了超级"思维电脑"；一会儿又得到了一个神秘的地球仪，差点使得地球毁灭……

　　你可能会好奇，这些故事的灵感是从哪儿来的呢？主要靠的是想象力，但最终还是源于生活。比方说，有一次我描字帖，看着字帖上一个个汉字，我就突发奇想，会不会是一群形状像汉字的小人躺在本子上？会不会这些小人跑到我的笔里面，我就能写好字了？于是，我就写出了一篇童话《字帖小人》。再比如，有一次我买了一瓶眼药水，我就想，会不会有一种眼药水，点上它我的眼睛就能获得神奇的力量，就能看清别人内心在想什么？于是我又写了一篇《神奇眼药水》。

初中的时候，我曾经通过印书网站将自己的作品印成小册子，不是正规的出版物，只是印刷品。我的一些读者网购了这些作品集，曹老师还拿到学校里，向其他班的同学展示。

当时我和河南的一位网友关系很好，共同管理百度"郑粉"贴吧，还一起制作了《郑粉时报》《童话城堡》等电子杂志。他电脑技术高超，为我建造个人网站提供了许多帮助。这次的网站是真正的带域名的网站，只是后来事情比较多，就没有再维护了。

我和这位网友还结识了一位童书作家潘亮，他写的"男生一号肖小笑"系列图书我很喜欢，他还创建了童话乐城网站。潘亮大哥也是受郑渊洁影响而走上写作道路的，平时也经常鼓励我们。

我跟《童话大王》杂志的心源编辑也经常聊天。2008年9月的"皮皮鲁收信时间"栏目刊登了我六年级暑假写的一篇文章。编辑告诉我文章被刊登时，我激动得浑身发抖。那是我的作品第一次出现在正规刊物上，也是我第一次获得稿费，让我深受鼓舞。

初一、初二的时候，课程不算紧张，课外培训班我上了书法班和模型班，有个暑假还上了乒乓球班。

在模型班里，老师除了教我们拼装我小时候玩的那种军事模型和高达模型以外，更主要的是制作木制飞机模型，甚至是发射简易火箭。我因为比较粗心，经常弄得满手都是胶水。

当时我还收藏了许多 NECA、麦克法兰甚至是 Hot-toys 品牌的《机器战警》《终结者》的模型和兵人，还干过"倒买倒卖"的事情，即从淘宝上把绝版模型全买回来，再提高一些价格卖出去。

打乒乓球、游泳等，主要也就是为了锻炼身体。我从小身体不是太好，尤其是韧带格外差，平时爸爸和小姨会带我去训练。

初中的时候，我用电脑比较多，看的电视剧相对较少，但还是有一部电视剧对我产生了深刻的影响，那就是 2010年的央视开年大剧《神话》。该剧讲述了八零后青年易小川在一次偶然的际遇下穿越回到秦朝，经过奇遇和历险，逐渐蜕变成为仁心济世的一代大将的故事。《神话》配乐动听，人物心理刻画细腻，古今两条线索都很吸引人，尤其是编剧的创新精神和对历史的真实与虚构的巧妙安排，让我颇为佩服。《神话》开创了内地穿越剧的先河，由于《神话》的成功，后来又跟风出现很多穿越题材的电视剧，质量可能就参差不齐了。

我当时还很喜欢看安徽卫视的《周日我最大》栏目。起初魔术单元由刘谦老师表演，后来换成了粘立人老师。粘老师也是台湾的国际魔术大师，我格外喜欢粘老师的"街头百变王"栏目。粘老师和主持人走在合肥市的街头，与老百姓亲密互动，一会儿把白纸变成了钞票，一会儿又从报纸里倒出了果汁，可谓精彩纷呈，尤其是路人那惊讶的表现，经常引得我们捧腹大笑。

我当时喜欢在新浪博客上与粘立人老师进行对话，每期都会把节目内容告诉粘老师，粘老师也会很热心地回复我们，让我们格外感动。粘老师不仅魔力高超，而且为人和蔼、友善，颇有大师风范。直到现在，我和粘立人老师都经常联系，粘老师还为我的《脑控手机》撰写了推荐语。

粘立人老师作为一名国际魔术大师，用神奇的双手为我们带来了一次又一次惊叹。除了粘老师以外，还有一位对我影响很大的"音乐魔术师"，他就是我们熟知的张雨生。

最初知道张雨生，是通过一节音乐课。那节课我们欣赏了《大海啊故乡》这首歌，快下课的时候，老师给我们放了一首主题与之相关的《大海》。

"从那遥远海边，慢慢消失的你……"张雨生用最单纯也最富有特质的嗓音向我们诉说着一段深情往事，情到深处，感情变得激烈，副歌部分不断重复，犹如海潮一浪高过一浪奔涌而来。我仿佛来到了大海边，感受到了海风的吹拂，听到了来自大海的呼唤。教室里的同学也都在嘀咕着，说这是张雨生的歌，张雨生是因为车祸去世的。

之前，我并不熟悉张雨生这个名字。因为从小到大，尽管我不排斥追星，但基本上没有特别关注娱乐新闻，没有特别崇拜某个娱乐明星。要说我崇拜的，可能小时候比较喜欢《火力少年王》里的几个演员，比较崇拜奥迪公司和腾讯公司，还有郑渊洁和奥沙利文。

回家以后，我就开始在网上查找张雨生的资料。张雨生的歌曲我听了一首又一首，渐渐走进了他的音乐世界。我喜欢张雨生，是因为他的歌曲给我带来了许多不一样的感受。他的嗓音高亢、清澈而独特，而且有一种直击人心的力度。这种力度，来自他对待音乐的一种近乎执拗的态度。他不甘心单单做一名偶像歌手，还想做更多的事情。在他的心里，音乐不仅是一种娱乐方式，更是为了表达一种思想、一种人文关怀。尽管很多时候不被大众理解，他感到苦闷过，但他最终还是坚持了下来。张雨生的一生很短暂，也很不平凡。他是一位优秀的歌手，也是一位值得尊敬的音乐人。听张雨生的音乐，除了给我一种情感上的

247

共鸣以外，也时时刻刻提醒着我，从事写作也要内心诚实、勿忘初心。

可以说，张雨生的一生就是与商业互有攻守的一生，也是他努力寻求创作与商业平衡点的一生。从他生前的专辑中，我们可以感同身受地体会到张雨生处在夹缝之中的挣扎与抗争。

1988 年，张雨生通过演唱黑松沙士广告的主题曲《我的未来不是梦》而一炮走红，紧接着推出了自己的第一张个人专辑《天天想你》。在这张专辑中，飞碟唱片将张雨生包装成了一位真情流露的学生情人，整张专辑风格清新，充满着属于年轻人的光明与希望。这张专辑在台湾地区狂销三十五万张，是张雨生所有专辑中在台湾销量最高的一张，也让他成为当年的年度唱片风云人物。

第二年，飞碟唱片推出了专辑《想念我》，当作是他入伍前的短暂告别。尽管这张专辑仍是用商业化模式去包装的，但是张雨生所追求的人文气息已经初现端倪，这集中体现在《没有烟抽的日子》《他们》等几首原创歌曲中。因为专辑在整体上延续了《天天想你》的风格，所以销量不错，台湾地区售出了约二十七万张。

1992 年退伍后，张雨生不甘心再按照公司的要求唱歌，想要"把整片天空打开"，于是特地到美国录制了《张雨生创作专辑》，以《带我去月球》作为主打歌宣传。在这张专辑中，他把哲学、文学等元素融入歌曲中，代表亚洲入围 1992 年全美音乐录像带奖，充分体现了他的创作才华。同时，正是这张专辑导致他的歌迷出现分歧。多数听众反映这些歌曲不够顺耳，也有少部分听众爱不释手。这张专辑在台湾地区约卖出十五万张，虽然相较于前两张专辑来说销量骤降，但仗着当兵前的人气，也还算差强人意。

飞碟唱片此时意识到，不论是多红的歌手，也只有通过商业化的包装才能开发出最大的市场潜力，于是赶紧又为张雨生炮制了《大海》专辑。这张专辑的制作水准很高，风格趋于流行化，主打歌《大海》传唱度极高，成为大多数人心中张雨生的代表作。当然，在这张专辑中，张雨生还是执意加入了一首在军中为父亲创作的《心底的中国》。这张商业专辑在台湾地区的销量直逼《天天想你》，大陆、港台总销量更是远远超出《天天想你》。

随后推出的《一天到晚游泳的鱼》，既不同于《张雨生创作专辑》大张旗鼓的实验性尝试，亦非《大海》的大众化走向，公司包办的流行歌曲与张雨生的原创歌曲兼而有之。张雨生在文字上的创作再现锋芒。他以相同的旋律、不同的歌词、不同的编曲组合成的"青春五部曲"耐人寻味。作为一张以流行歌曲为主打、个人与商业融合的专辑，《一天到晚游泳的鱼》销量不错，在台湾地区卖出约二十四万张。

由于《大海》和《一天到晚游泳的鱼》销量可观，飞碟唱片再次放权给张雨生，推出了一张由他独自作词、作曲、编曲并担任制作人的专辑《卡拉OK·台北·我》。这张专辑的销量让人大跌眼镜，可以用一塌糊涂来形容，卖了还不到两万张。专辑中的歌曲大多取材于一些社会问题，融合了摇滚、布鲁斯、民谣等多种风格且十分前卫，很难被当时的大众所接受。然而在今天，却被音乐人奉为经典中的经典，这也反映出专业审美与大众审美的差异。

由于《卡拉OK·台北·我》的销量太过惨淡，飞碟唱片又对张雨生的专辑加以控制，为其制作了《还是朋友》专辑。这张专辑的歌曲大多清新明丽、朗朗上口，试图找回其刚刚出道时的那份纯真。销量虽然又上去了，在台湾大概卖了二十万张，但也没能达到《大海》的水平。我想，如果把这张高质量的商业专辑放在《天天想你》或者《大海》之后，销量肯定又是一个天文数字。

《两伊战争》是张雨生转入丰华唱片后推出的第一张专辑。实际上这张专辑由两张EP构成，"红色热情"代表流行，"白色才情"则代表创作，两伊战争即为商业与梦想的战争。在这张专辑里，张雨生试图寻找两者的平衡点，但采用的是一种简单粗暴的方式，即把两者割裂开来，一边是流行，一边是原创，似乎流行就不能经典，经典就不能流行。正是这样一种方式，使得这张专辑的销量也中规中矩，在台湾地区约卖出十五万张。

张雨生生前的最后一张专辑是 1997 年的《口是心非》。我认为，这张专辑虽然与前两张创作专辑一样，完全由张雨生独自制作，但对流行与创作的平衡却把握得较为到位。拿主打歌《口是心非》为例，主歌部分用华丽的辞藻营造出一种如诗的美感，副歌部分的歌词却又简单通俗，旋律也朗朗上口。乍一看，这是一首标准的情歌，细细品味，又不单是一首情歌，似乎除了简单的男女情爱，还包含着一种对待人生爱恨情仇的感悟。这张专辑在台湾地区的销量超过二十万张，这个成绩在张雨生后期的专辑中算是不错的。一方面，是因为音乐整体比较成熟，另一方面，也是因为雨生的离世在当时引起了极大的震动。

可以说，张雨生作为一名歌手，其独特的高音拥有很强的辨识度，能够唱出属于自己的流行歌曲，也拥有一定的市场洞察力。张雨生前期创作的《宁可让我苦》《不想失去你》即属于商业流行歌曲的范畴，后期摇身一变成为金牌制作人，为张惠妹制作的《姊妹》《Bad Boy》专辑更是在市场上大获成功，奠定了其华语乐坛天后的地位。

同时，张雨生作为一位创作者，有自己坚持的艺术理想，有足够的良心与诚意。以张雨生当时的人气，如果接受公司的包装，多唱一些有关男女情爱的大众化歌曲，他的市场号召力将不可想象。可是他的创作，从他内心来说，不愿流于肤浅，往往取材于环保、孤寡老人等一些具有社会内涵的方面，作曲同时吸收西方音乐和传统音乐元素，新潮前卫，作词引经据典、咬文嚼字，所以你说这样的歌曲能卖得火吗？很显然卖不动。但是卖不动，你又能说它没有价值吗？

总体来看，大众喜欢张雨生，是因为《大海》《我的未来不是梦》等流行歌曲。歌迷和音乐人理解和尊敬他，除了对其英年早逝的惋惜外，也是因为他的原创歌曲。那些流行歌曲，大部分人会喜欢，随时也都愿意去听，而那些原创歌曲，更适合一个人的时候静静地听，也许第一遍没有太多感觉，但越听越有味道，每听一遍，都会有不同的感悟。

但是话说到这里，很多人又走到了另一个极端，即认为一首歌曲必须要有深刻的人文思考才算合格，像《大海》那样的流行歌曲则不具有价值。曾有音乐人说过，主流音乐人总是觉得刀郎、凤凰传奇等人的流行歌曲歌词太直白、低俗，不屑于做这样的歌，尽管这样的歌很有市场，但它是流行音乐的退步。我作为一名普通听众，是不赞同这种看法的。这其实和文学界一样，一直存在阳春白雪与下里巴人的对立，但你能说，这两者孰好孰坏吗？

就拿张雨生的音乐来说，你能说《大海》不包含真情实感吗？肯定不是，也许它没有多么深刻的道理，但反映的也是一个人最真挚的感情，能引起听众的共鸣。而张雨生的原创歌曲，固然有很多经典之作，但客观地说，有些歌曲的歌词又确实太过晦涩，曲调也有些生硬。

再比如凤凰传奇的歌曲，表现的是草原上青年人的纯真感情，是童叟无欺、老少咸宜之作，倍受广场舞大妈的青睐。可能作词是通俗，但不低俗啊，通俗是一种方式，低俗则是应该抵制的。而且他们的歌曲这么被广大人民群众喜闻乐见，你有什么好批评的呢？就算是慕容晓晓的《爱情买卖》，表达的不就是一种对爱情背叛的批判吗？这种歌，自然有它火的道理。如果里面有一些色情、暴力的内容，这才是低俗，要反对的。相较于《爱情买卖》这样的口水歌，"有情怀"的音乐人做的所谓高雅音乐，可能有一些会给人在情绪方面带来消极的影响，有一些实际上包含各种负面的隐喻，这种是不是更应该反对？

实际上，我个人的品位是更偏向于那些能被大众接受且制作工艺也足够优秀的流行音乐，主要是二十世纪八十年代到二十一世纪初的"经典老歌"。

我出生的那个年代，谭咏麟和张国荣的势头刚过，香港"四大天王"红透半边天。1996 年，任贤齐火了起来，

《心太软》专辑在亚洲卖了两千六百万张，这个惊人纪录到现在都无人打破。紧接着，张震岳的《爱的初体验》又让我们初步体验了一次摇滚的风格。

我喜欢的歌曲主要就集中在这一时期，也包括新世纪的头几年。除了上面提到的那些以外，我比较喜欢的还有张信哲的《爱如潮水》、王杰的《一场游戏一场梦》、陈慧琳的《记事本》、刘德华的《忘情水》、周传雄的《黄昏》、张学友的《吻别》、周华健的《朋友》、王菲的《红豆》、林忆莲的《至少还有你》、刘若英的《后来》、那英的《一笑而过》等等。由此可以看出，这些歌曲的歌词浅显易懂，旋律感很强，虽然曲风比较单一，也有流水化作业的痕迹，但是每一首又有自己的独特之处，算得上是流行中的经典。

新世纪以来，徐怀钰和 F4 组合等都曾大红大紫过，之后全国上下刮起了一阵周杰伦旋风。那时一打开电视看到的就是周杰伦，一走进班里听到的也是周杰伦。周杰伦不仅是一位偶像歌手，也是才华横溢的创作人。他的曲搭配上方文山的词，开创了独具特色的"中国风"模式。可以说，周杰伦和王力宏等人一起，革新了八十年代以来的中国流行音乐模式。

同一时期，比较火的歌手还有依靠《欧若拉》《隐形的翅膀》成名的张韶涵和以《2002 年的第一场雪》为代表作的刀郎等。除此之外，羽·泉、花儿乐队、SHE 等组合也格外火爆。这也可以反映出，新世纪以来，除了歌曲需要具有流行元素以外，更重要的是对歌手本身的商业化包装，例如当时的《超级女声》节目。

另一个方面，更加强调大众化元素的网络歌手也开始崭露头角。最初，网络还不如现在这么发达，网络歌曲很大程度上靠彩铃传播。当时打开电视，经常会看到广告上说编辑短信发送到什么号码下载某某炫铃，那时候流行的有《老鼠爱大米》《秋天不回来》《求佛》等。

这些歌曲有一个特点，那一段时间特别火爆，风头过了，就渐渐降温，容易被人们遗忘。网络歌手里面发展比较好的，应该算是比较有创作才华的歌手许嵩。至于依靠新型民谣红遍全国的凤凰传奇组合，虽然很多人以为他们是网络歌手，但实际上当年他们是唱片公司签约打造的歌手，只是作品通过网络走红而已。

再后来，类似《中国好声音》这样的电视节目层出不穷，时不时也有林志炫、陈奕迅这样的老歌手再次走红，也出现了龚琳娜这样的"神曲"艺术家，但更值得注意的应该是以 gogomusic 旗下歌手为代表的九零后歌手的崛起。其实，我本来对这些九零后网络歌手是没有多少了解的，后来怎么开始了解的呢？这里就得说起我的一位好兄弟：Ven 陈斌（原名陈斌）。

　　最初认识陈斌是初三时通过一个作文比赛的贴吧，当时谁也没有想过这便是我与陈斌相遇的一个节点。我们彼此欣赏对方的作品并给予一些修改意见，就这样，从贴吧到 QQ 再到现实，我们的关系发生着微妙的变化，不再是当初简单的陌生人，渐渐地变成了事事互相帮助的好兄弟。

　　因为高考，陈斌放弃了文学这条路，也恰因如此，他偶然发现了九零后音乐的风格，并被深深地吸引住。他经过不断地摸索和学习，渐渐也开始自己创作词曲，并在 QQ 音乐上发行了几张专辑。

　　后来，Ven 陈斌签约北京极韵文化唱片公司，加入了内地首个九零后音乐品牌 gogomusic。Ven 陈斌的每一首新歌，我都会第一时间去欣赏。他既会作曲，也会作词，而且他的 rap 唱得十分有韵味。同时，也正是因为 Ven 陈斌，我也开始了解一些九零后网络歌手。

　　本来我对这些九零后网络歌手偏见比较大，或者不算是偏见吧，只能说我个人不太喜欢这种风格。后来我开始尝试仔细听一听这些歌曲，主要听了两首，一首是本兮的《你去看孤独的风景》，一首是阿悄的《沙话》，让我有了很大的改观。本兮的声音很有特色，阿悄的这首中国风歌曲编曲很是讲究。其他的歌曲，有些比较新潮或者太过活泼的，我个人是不太喜欢的。当然了，这也只是我个人的口味而已，还是有许多人喜欢这些新潮歌曲。

　　总而言之，我还是这样认为：不同的歌手有不同的风格，通俗唱法也好，民族唱法也好，美声唱法也好，各自有各自的圈子、各自的受众，不用相互攻击，也没有高低贵贱之分。不论是流行音乐还是小众音乐，只要不是刻意地去加一些低俗的元素哗众取宠，只要用心去做，那就是好的音乐，就应该得到尊重。文艺首先是为人民服务的，悦耳的旋律当然很重要，传唱度也是值得追求的。

　　初一、初二比较轻松，到了初三，稍微紧张一些，不过总体来说也还好。当时很多同学都利用节假日上各种补习班，有的甚至从早上到晚上，睡眠时间也推迟了。不过，我基本上没有熬夜学习过，也就是每次临到考试前比较认真些。

　　七门科目中，我三门主课都还好，数学稍差一点。政治和历史很强，至于物理和化学，刚学时感到些许吃力，真正学会了也就比较得心应手了。我觉得初中时学习不一定非要花多长时间，只要学的时候认真并且善于思考就可以了。平时也不一定要做太多的题目，尤其是文科类，主要还是以背诵和理解为主，找到答题的套路。

　　当时一六八中学高中部有一个自主招生项目，如果考上了，中考只要达到最基本的线就可以升入该校了。自主招生只考语文、数学、英语、物理四门，试题难度非常大，而且改卷比较严格，只要答案错误整道题就不得分。因为我平时不太喜欢钻研超纲的难题，最后只考了 250 分，比录取线低了 5 分。

我们初中部那届大概有六百多人，当时学校规定综合排名前六十名的学生，可以直升高中部，而且还有 20 分的加分。综合排名是根据三年成绩（包括体育）折算而来的，记得当时我的排名是第十二名，所以中考对我来说没有太大压力。

中考有个实验和体育考试。实验我不是太擅长，考试又抽到了难度比较大的制造二氧化碳的实验，我当时比较紧张，虽然有一个失误，但也算是实验成功了，最后得到 9 分（满分 10 分）。

我们那年的体育，必考项目是 1000 米长跑，其他几个项目不像现在可以任意组合，而是要在固定的几个组别里面选。我选的是跳绳加实心球。跳绳经过训练后提升很大，但是实心球想要短时间内提升很难。我们当时每天下午有训练，有时我就索性不去了。最后体育我考了 34 分（总分 40 分），不算好，但也属于 A 等级那一档。

最终的中考，我各科发挥得都还算不错，语文 126 分，数学 138 分，英语 142 分，理综 141 分，文综 149 分，加上体育和实验后，总分为 739 分，班级第二名。我也顺利考上了一六八中学高中部，成为免费宏志生。

中考毕业的那个暑假，除了稍微预习了一下高一数学的部分内容，其他时间我都在玩，还去了一趟内蒙古。为了奖励我考上免费宏志生，家里人给我买了一部 iPhone4。我初中时用的手机还是功能机，所以这可以算是我第一次接触智能手机，不仅让我体验到了科技给人类生活带来的影响，也让我成为一名数码产品爱好者。现在我对 ios 和安卓系统都已经很熟悉，也经常会关注各个智能手机厂商的旗舰产品。后来在我的影响下，连我姥爷都用起了智能手机，只有姥姥不愿意接触新鲜事物，至今连功能机都不会用。

高中开学时有一个入学考试。入学考试只考理科，而且理化方面涉及一些高中的知识，我由于没预习，所以很多都不会做。我们年级有一千二百多人，入学考试我的排名好像在二百五十名左右。

高一有九门课，不仅课程数量多，而且在难度上比初中提升了不止一个档次。理化科难也就算了，高一的政治和地理也极其难学。可以说，高一尽管是高中的头一年，但是在学习方面比初三还要累。

虽然初中部和高中部都属于一六八中学，但是氛围却完全不同。我高一的那个班，老教师与年轻教师各占一半，年轻教师一般比较好说话，但是也很认真，甚至成天提心吊胆，担心自己教不好被训斥。老教师往往比较严格，部分老师在思想上比较保守甚至迂腐，过分强调学习成绩，轻视其他方面。比方说，当时我们学校有社团活动，周三下午可以参加，但有些班级的班主任就不提倡甚至限制学生参加。

刚入学那会儿，我的成绩还算可以，一般都在年级前一百名。后来由于种种原因，我学习不是太认真，成绩有所下滑。这一年我最大的收获是交到了石文超与陶天赋这两位无话不谈的知心朋友。

分班的时候，有些同学比较纠结，但我其实早就确定选择文科了。我对文科比较感兴趣，不太喜欢数理化那种烦琐的计算，家长也比较尊重我的意愿。可能有些人有种偏见，认为成绩好的都学理科，成绩差的则学文科。我不知道我们学校是真心实意坚持文理并重，还是觉得反正理科再好也拼不过一中的实验班，所以还不如让文科出奇制胜，所以当时对待这个问题还挺开明，甚至比较提倡成绩好的学生去学文科。

当时我们学校为了进行分层教育，把尖子生掐出来，设置了分层教学班。由于我的文科年级排名靠前，所以进入了文科的分层教学班。

进入分层班以后，也和高一一样，起初成绩处在班级前列，后来由于我忙于写作，加上不满应试教育制度，在学习上就没有投入太多的精力。当时我参加过几次作文比赛，获得过"中国少年作家杯"征文比赛一等奖、新作文放胆作文大赛二等奖等，作品被选入一些杂志和作品集。《新作文》杂志的主编张勇耀老师和其他几位编辑对我的帮助很大，我的幻想小说《逆反星球》在杂志上连载了九期。《逆反星球》的连载给了我很大的信心，也标志着我的创作进入了一个新的阶段。

进入高三以后，学习强度加大，我在身体上和心理上都不太能适应，经常请假。实际上我个人是不喜欢所谓的分层教育，这样把尖子生集中到一起，竞争压力实在太大。我们班的同学到底强到什么程度呢？就是每次和其他几个学校联考，前几十名的同学我们学校几乎能占到一半。高考时，安徽省文科状元就在我们班，而且合肥市文科前十名，我们班就占了四位。

经常会有人批评我国的教育制度，可能有些比较偏激，但也不是完全没有道理。比方说，我们当时周六上午和周日下午要补课，每天六点多钟就开始早自习，晚自习要上到十一点，很多同学甚至下课都不休息，都在埋头写习题，可以说一天下来真是头昏脑涨、精疲力竭，睡眠时间也严重不足。

这也就算了，某些思想迂腐、顽固的老师平时还经常向我们灌输一种"唯分数论"的思想。我们班有位资深老师曾在班上说过一句话，大意是"只要学习好，哪怕其他什么都不好，那你也没问题；其他方面再好，只要学习不好，那你就是狗屎"。你听听这句话，连"狗屎"都出来了。老师说这句话，是真心希望我们努力学习，还是只是把我们当成他自己升迁、涨工资的工具，我在这里暂且不论，我也不是要针对这位老师个人，而是针对这种思想。

我还是认为，每个人情况不同，应该因人而论。学习好，当然值得赞扬，但更主要的应该是快乐地学，灵活地学，应该是出于一种求知欲望，能够把书本知识和实际生活联系起来，而不是完全功利化，不惜牺牲身体和兴趣来死学，尤其不应该把个人的前途与学习成绩完全画等号。有的人，可能学习方面不好，但在其他方面有天赋，同样值得肯定，甚至可能会成为各行各业的一代大师。不过话又说回来了，开玩笑地说，其实我也得感谢中国的高中教育。如果没有高中教育对学生某些方面的扼杀，大家都有想象力了，那我这个写幻想小说的不就没饭吃了吗？

当时，我和我的亲密伙伴鞠传泰可以算是我们班学习最不认真的同学。当然这个不认真也要看你怎么理解，相对于有些拼命学习的同学来说，我肯定是属于不认真的。但是相对于一点也不学的学生（分层班肯定没有），我又算是认真的。

在学校的时候，每节课下课，我都会出去散散步，放松放松。教学楼这边的厕所，一下课学生都蜂拥而至，人满为患，于是我就喜欢和鞠传泰一起逛到对面的行政楼解决问题。

起初我在学校上晚自习，因为我不习惯在校食堂吃饭，于是我妈妈每晚都不辞辛苦送饭到学校。吃完饭，妈妈会陪我散步，或者是到车里小睡一会儿。寒暑假的时候，学校想要组织集体补课，我和部分同学还曾向省教育厅举报，学校最终作罢。

由于教室里桌子比较矮，座位也很挤，我长期低头写作业，高三下学期刚开学时感到颈椎和腰背不太舒服，再加上心理比较敏感，有点植物性神经紊乱。当时我妈妈对我比较理解，认为身体还是最重要的，于是向学校申请，允许我在家休养自学。在这一点上，我很感谢当时的班主任能够允许我在家复习。我在家其实也就是边休息边复习，请过一两门课的老师每周过来补习一两次。当然，家长之所以不是太担心，也是因为我凭自己的实力，就算后期不上学，考上一个重点大学也完全没有问题。

当时为了放松，我时不时地跟家人去爬山，或去公园玩。在家的时候，我喜欢看《非诚勿扰》和《职来职往》等节目找乐子，还喜欢看一些电视剧，尤其是台湾连续剧《意难忘》。

《意难忘》应该是我看过的集数最长的电视剧，足足有八百多集。我小学的时候就曾在央视八套看见过此剧，高中恰逢央视八套重播该剧，我便在其播到一半的时候追了起来。这部电视剧的人物关系特别复杂，剧情内容可谓包罗万象。它就像一面镜子，几乎映射出一个人在生活中能遇到的所有事情。虽然有些情节前后矛盾，但总体来说质量很高，也给了我很大的启发。

台剧除了《意难忘》，我小学还看过《再见阿郎》等几部。台剧有很多都是边拍边放，耗时很长，动辄几百集，剧情比较拖拉，但基本上每集都能有让你接着看下去的点。

泰剧我也看过不少，是从安徽卫视播出的《玻钻之争》开始的。泰剧的拍摄手法可能比较简单，演员好像翻来覆去就那几个，而且表演往往比较夸张，比如好人总是眼泪汪汪，时刻显得自己有多可怜，坏人总是瞪着眼睛生怕你不知道他是坏人，但正是这种特点，让我觉得很有意思。泰剧的剧情也不复杂，能让你看着看着就被吸引住了。泰剧反映的道理虽然简单，但都是教人向善，充满正能量的。

韩剧我也看过一些，比如《灿烂人生之佳恩别哭》《好老婆大联盟》等。韩剧往往帅男俊女云集，人物感情刻画细腻，画面也比较精美，有些台词还比较搞笑，但是有的地方我感觉也确实比较俗套和滥情。当然，这也就是它的风格，正是因为有自己鲜明的风格，韩剧才能够取得成功。

电影方面，除了去影院看一些美国科幻大片以外，我当时最着迷的就是《倩女幽魂》，我指的是1987年版。

《倩女幽魂》取材于《聊斋志异》中的一篇《聂小倩》。1987年徐克监制、程小东导演的《倩女幽魂》翻拍自1960年邵氏集团出品的同名电影，是少有的公认超越原作的翻拍电影。作为一部商业电影，《倩女幽魂》不仅取得了票房成功，还一举斩获了国内外多个电影大奖。

《倩女幽魂》之所以如此受到追捧，可以说是多方面作用的结果，首先恐怕应该归功于其历久弥新的故事。编剧对蒲松龄原作进行了大胆的改编和加工，在保留古典韵味的基础上推陈出新，加入符合现代人审美的元素，使得这个简单的故事愈发传世动人。电影所讲述的并非单纯的真挚爱情，还包括对现实社会的批判，容易引起观众的共鸣。同时，电影在宣传上大打吸引眼球的香艳情欲，还不乏无厘头式的插科打诨，在剧情的安排上颇为讲究。可以说，不论电影特效如何进步，最根本的始终都应该是故事和情节。

这部电影在演员的选择上也堪称经典，主演张国荣和王祖贤异常出彩。张国荣在电影中将其忧郁气质和呆萌气质完美结合，与宁采臣的白面书生形象高度吻合。王祖贤清纯之中透着妩媚，将聂小倩这个虽被树妖利用而勾引男人，但骨子里纯真善良的女鬼演绎得活灵活现。可以说，我能接触到这部影片，也是因为王祖贤。我之前偶然看到王祖贤与周润发主演的一部现代电影，一下子就被剧中王祖贤的清新灵动所吸引。当时我就觉得，她是这么多年来在我心里唯一能和刘亦菲媲美的女神，甚至还独有一种浑然天成的勾魂摄魄的气质。之后我在网上查找王祖贤的资料，才知道这部古装电影《倩女幽魂》是她的代表作。当然，这部电影的几个配角也表现出色。午马演绎的燕赤霞性情刚烈而又亲切可爱，刘兆铭饰演的大反派"姥姥"雌雄同体式的表现，亦可谓令人耳目一新。

演员的表演，也要通过导演的指导才能完美发挥。引领香港武侠新浪潮的"鬼才"徐克在这部电影中尽情地发挥了其天才的想象力，对影片节奏的拿捏和镜头的把握也十分到位。同时，陈小东的动作指导也增加了武打场面的欣赏性。这部电影还使用了当时最为先进的特效技术，使得观赏性大大增加。

黄霑和戴乐民老师的配乐也不得不提。当时，黄霑听说徐克要翻拍李翰祥1960年版的《倩女幽魂》，身先士卒地表示要为电影写音乐。但是他晚了一步，徐克已经找到了别人。后来由于种种原因，徐克最终还是回过头来找到黄霑。黄霑为电影创作的主题曲《路随人茫茫》充分显示了其古典诗词的根基，可谓达到了曲调悠扬、意境幽远的境界，既与电影内容相符，又不会盖过电影本身。该曲风靡华语乐坛，成为张国荣的代表作之一。插曲《黎明不要来》原本用在另一部电影上，后来在机缘巧合之下搬到了这里，却也恰到好处、天衣无缝。插曲《道》更是黄霑醉酒之后的神来之笔。燕赤霞在电闪雷鸣之中哼唱此曲，将其豪爽洒脱的侠义性格展现得淋漓尽致。可以说，这部电影能够流传至今而不失经典本色，在很大程度上都要归功于黄霑和戴乐民老师的配乐。

老版《倩女幽魂》系列的第二部《人间道》延续了第一部的剧情，并给出了一个较为圆满的结局，且幽默程度升级。第三部《道道道》中，虽然王祖贤塑造了与小倩性格不同的另一只女鬼，但剧情方面和第一部有些雷同，新意不足。

2011年，内地和香港又联合制作了新版《倩女幽魂》，由刘亦菲、余少群、古天乐等主演，虽然特效大幅升级，但是由于前作太过深入人心，新版在剧情设定上的颠覆让包括我在内的许多人都不太能接受。

经过了三次模拟考试，时间来到了高考。我抽中的考点离我家比较近，所以我就住在家里，由小姨夫开车接送。高考那两天我还是有点失眠，感觉精力不济时就吃颗小糖，总算是坚持了下来。考完以后我不像有些同学那样去歌厅和网吧疯玩，而是回家好好地休息。

高考结束以后，我各方面的状态就好了很多，还去上海玩了几天。最后考试结果出来了，我的分数比安徽省文科一本线高出了 40 分。

然后是填志愿，当时也小小地纠结了一下。安徽大学就在本市，但如果把安大放在第一志愿，我这个分数可能还算稍微高了一些。其他有些更好的学校，我又没有十足的把握，而且不想跑得太远。最后我们决定还是上安徽大学，毕竟我搞创作，与学校的关系不是太大。

别人填志愿，一般是 ABCD 志愿的学校等级递降，而我却正好相反。去学校机房填表的时候，班主任跟我说，你第一志愿就填安大，那你肯定就被录取了！我说对，我就是想上安大。值得一提的是，我们班一位跟我成绩几乎一样的同学，纠结了一番之后也报了安大，志愿也跟我非常相似。在我们这个重点班的学生和老师眼里，安大不是特别理想的学校，但是作为一所省部共建的"211 工程"重点建设高校，安徽大学也是一所非常优秀的大学。

高考后的那个暑假，一方面，我开始去健身房锻炼身体，另一方面，我把更多的精力放在了写作上。

暑假里，我主要是把高中时未完成的长篇小说《脑控手机》写完了。小说的故事简介是这样的：

　　未来的智能手机会有哪些新特色？全息投影、柔性材料、液体金属……够让人眼花缭乱的吧?!然而，你有没有想过这样一个场景：你不必用手触摸屏幕，甚至也不用张口说话，只要在大脑中想出你的指令，通过全新的脑电波科技，手机就可帮你执行任务……

　　这简直太不可思议了！可是，如果你认为事情只是这么简单的话，那就大错特错了。

　　香橙公司的设计师姚可然，最近遇到了许多用常理无法解释的事情。妹妹遭遇不测，妹妹的男朋友突然精神失常，就连自己最亲密的女朋友也惨死家中。而且，警方找不到半点线索……

　　一切究竟是怎么回事呢？这还要从这部隐藏着惊天阴谋的脑控手机说起……

《脑控手机》是一部软科幻小说。说到科幻，虽然我小时候看过许多科幻电影，但我真正接触科幻小说，还是从高中时阅读的刘慈欣的经典小说《三体》开始的。

　　在看《三体》之前，我也曾写过一篇软科幻小说，就是上面提到的在《新作文》杂志上连载过的《逆反星球》。

　　《逆反星球》这部作品讲述了这样一个故事：

二十一世纪中期，环境问题成为困扰人类的一大难题。科学家利用宇宙飞船将大气层中多余的二氧化碳气体运送到木星的卫星木卫四上，以降低地球上的温室气体浓度。

几年后，A 国发生了一起严重的核泄漏事故，领导建议借机在木卫四上建立垃圾基地，将核废料运到上面。这一次，飞船达到木卫四后突然失联。紧接着，人类遭到了来路不明的外星人的袭击。外星人派出人造地球人潜入地球，并使出植物病毒、太阳棱镜等一系列新式武器，人类危机重重！

这些外星人究竟来自哪里？"人形呼吸机"指的是什么？一系列谜团的背后究竟隐藏着怎样的真相？现在，拯救地球的重任就交给你了！赶快阅读这部小说，经历一场惊心动魄的冒险并逆转人类的未来吧！

《逆反星球》第一版我是在中考后的那个暑假开始动笔的。我最初的灵感是在汽车上得到的。那天我坐在车上，看到马路上车来车往，很多车子后面都冒着黑烟，我就想，会不会有一天地球上的二氧化碳太多了，氧气不够了呢？那时候该怎么办呢？我就想，能不能把多余的二氧化碳气体运送到外星球？于是就写出了最初的《逆反星球》。

最初写《逆反星球》那会儿，我对科幻小说还没有太多了解。我的初衷是把这部小说按照童话的形式去写。但是，我把《逆反星球》拿给编辑看时，编辑都说这不算童话，算是科幻。后来拜读了《三体》等作品以后，我才算对科幻小说有了一个更为准确的认识。高二时，我对《逆反星球》原稿作了较大的改动，增加了新人物，重置了部分故事架构，在全国放胆作文大赛中获奖，并在《新作文》杂志上进行了连载。

2014年《星际穿越》的上映，在国内掀起了一阵科幻热潮。我当时也在影院中观赏了这部电影，很是震撼，激动的心情久久不能平复。而且我还真觉得电影开头的环境危机设定和《逆反星球》里描述的有一点点相似。

和诸如《变形金刚》《钢铁侠》这样的软科幻电影不同，《星际穿越》是一部硬科幻电影。我们习惯把科幻分为硬科幻和软科幻。硬科幻注重科学根据、强调技术细节，软科幻则侧重故事情节和人文内涵。一般来说，硬科幻比较小众，往往受到资深科幻迷的推崇，而对于非科幻迷来说，软科幻作品则更容易被接受。

可以说，硬科幻电影《星际穿越》在中国取得7.51亿元的票房，算是一个奇迹。但是这部电影取得高票房是不是就因为它的科学部分呢？显然不全是。诚然，一方面，正是由于这部电影里嵌入了许多物理学的知识，所以媒体把它捧为"神作"，也有许多理工男热衷于解释其中的物理名词或是对影片挑刺，以"炫耀"自己的专业水平，这些都激发了网友对这部影片的兴趣。但更主要的是，这部电影在坚硬的科学外壳下拥有极其柔软的情感内核，正是这情感内核引起了观众的共鸣。大部分观众看完后都抱怨看不懂，但都被一系列人物间的真情所打动。所以说，不论是硬科幻还是软科幻电影，要想打动人心，还是得靠那些永恒的"真、善、美"，也就是所有电影都需要的一些基本的东西。

在我看来，不论是硬科幻还是软科幻，都需要发展，也没有高低贵贱之分，毕竟萝卜青菜各有所爱嘛。就我个人的喜好和知识结构而言，我更倾向于软科幻作品。开玩笑地说，硬科幻或者说核心科幻，就交给大刘他们去写，我们来写大众科幻就行了。许多人说科幻在中国没有市场，真的是这样吗？《变形金刚》系列、漫威的科幻英雄电影，不是几乎每一部都有很高的票房吗？今年，中国科幻电影开始起步，我认为中国要发展科幻，首先需要的就是大众化和市场化的作品。正是基于这个理念，我创作了新型软科幻小说《脑控手机》和《逆反星球》。

《脑控手机》我定义为都市情感科幻小说，实际上融合了科幻、都市、商战、情感、悬疑等元素，主要是想尝试一下比较新鲜的科幻题材。和《脑控手机》的成人化倾向不同,《逆反星球》主要针对的是青少年。儿童小说更要求通俗易懂,所以我也无所谓它算不算科幻,可能有些地方在科学上不能完全说得通,但反正带有科学元素,反正是幻想小说喽。如果让儿童从小就爱上幻想,就对科学感兴趣,我想中国科幻的未来就有希望了。

可以说,我写小说,不论是科幻还是童话,除了想象力以外,我最看重的就是情节。科幻小说终归属于通俗小说,或者更准确地说属于类型小说。类型小说是必然要有趣味的,是要在价值导向正确的前提下有一定娱乐性的。那么如何实现娱乐化呢?最重要的肯定是要有一个好的故事,要有精彩的情节。我一直认为,故事是长篇小说的核心,文笔和形式是用来更好地包装和表达故事的,主题内涵也是通过故事反映出来的。《脑控手机》和《逆反星球》在这方面都进行了努力,可能还没有达到最佳效果,但毕竟是经过了我的努力,希望能让小朋友、大朋友们在享受阅读的同时,也能得到一些启迪,感受到一些正能量。

《脑控手机》写完以后,我就开始寻找出版社。由于出版社现在都已经转企改制,需要自负盈亏,再加上现在中国的图书市场不太景气,所以出版社都格外重视市场因素,除了要求小说本身有卖点以外,作者的名气也很重要。名人出书,不管写得怎么样,都能卖出去许多册,而出版新人的小说，出版社要冒很大的风险。

我当时比较了几家出版社，最终选择了中国言实出版社。言实出版社的口号是"文化坚守、理想坚守、道德坚守、诚信坚守、责任坚守"，通过与言实社的合作，我感到确实如此。出版社的马麟老师和陈静老师，非常有耐心，我与他们的合作十分顺畅。实际上，现在我和马大哥、大静姐，私下里其实都已经成为无所不谈的朋友了。

可能在有些人看来，能出书是件了不起的事情。其实不是这样，现在出版不是难事，关键看是自费出版还是公费出版（常规出版）。自费出版，只要作品质量不是太差，交几万块钱（包括书号费、编审费、封面费、印刷费等）总能出版。当然，这也有两种情况，一种是作品确实不怎么样，一种是作品写得有水平，但是题材没有市场。比如说散文和诗歌，除非你是名家，否则即使写得很好，也很难常规出版。常规出版不用作者出钱，还会给作者版税，对于新人来说，要想常规出版，作品必须既有质量又有市场。

之前我在其他地方也出过一本童话集，但当时对出版行业不太了解，这本书做得不是很好，很快我便与该公司解约了。考虑到上次的经验，我发现很多朋友都喜欢找我要签名版本的图书，于是我就在青橘众筹网上进行了一次预售活动，从出版社回购了一部分图书签名后寄给购书的朋友们。预售非常成功，我的这个项目还被青橘众筹评为了年度 TOP10 项目，在上海举行了颁奖仪式。

这本书实际上是言实社和中国大陆最大的民营图书发行公司北京人天书店有限公司合作出版的。人天书店的廉宇老师后来也向我以常规出版的形式约了几个稿子，给出的首印量和版税都比较合理。

暑期在写作之余，我同一些知名作家和编辑进行了交流，比如著名儿童文学家谭旭东、"幻想大王"杨鹏、青年作家莫争和鲁奇等。我结识了国内知名语文教育专家张智华老师。张老师为人热情，他创办的"中国少年作家"写作团体，为推动中国青少年写作事业做出了巨大的贡献。

暑假期间我还加入了国文社，去横店参加了国文社文化交流活动，结交到了杨静静、周玉佳等朋友。这期间我还一直在追一部网络神剧《白衣校花与大长腿》，这基本上算是我第一次接触这类玛丽苏作品。好吧，根本停不下来，它颠覆了我的世界观。

说起国文社呢，它于 2012 年 1 月 23 日由梦悠然等人发起成立，通过创办杂志、出版书籍、举办各种文化交流活动和名家讲座等方式，给全国文学爱好者提供一个既能够展示自我又能够学习到知识的优质平台。加入国文社以后，我更加能够感受到中华优秀传统文化的魅力。之后，我进入了大学。

在我看米，大学最大的好处就是能给你一个自由发展的空间。当然，这也是因人而异，如果你知道自己应该干什么，那自由就很适合你，如果你把时间都花在玩游戏上面，那自由也有可能害了你。实际上，我觉得大学里面分三种人，一种是自己有想法，校内学习不是太在乎，但懂得去做更有意义的事情；一种是学习不认真，主要把时间花在休闲上；还有一种，是为了拿奖学金和考研而刻苦学习的人。

具体到安徽大学，我认为安大的环境很好，管理也不是太苛刻，尤其我们文学院相对于理科的一些专业要轻松许多。由于我家离得比较近，加上我的写作需要，没课的时候基本上是待在家里。我的一位室友彭文金酷爱写作，十分努力，尤其擅长创作青春小说，我经常与他交流与切磋。他的小说《千场雪》构思巧妙、内涵丰富，得到了许多作家的推荐，并由中国言实出版社正式出版。

根据我的了解，汉语言文学专业的同学许多是被调剂过来的，而我则不然，早早地就将这一专业定为第一志愿。但是实际上，我们在课堂上学的主要是纯文学，或者说严肃文学，而且也主要是一些理论性的东西，很少涉及创作方面。这也很正常，毕竟创作多多少少需要一些天赋，中文系是培养语文老师而不是培养作家的。如果课堂上讲的很多东西没有用，那还不如翘课，去做更有意义的事情！事实上，大部分类型小说家都不是从中文系出来的。中华文化浩如烟海，课堂上所能承载的内容也顶多算是大海上的一艘船而已。可站在船上向四周望去，便会顿感眼界大开、望不到边际，深知要"翱翔"在这茫茫大海之中，还得加足马力、扬帆远航啊！

有些人认为，从事一门自己喜欢的职业，是最幸福的事情；也有些人觉得，从事一门赚钱的职业，才是自己最向往的。而在我看来，能够从事自己喜欢的职业，并通过这门职业赚钱，这才是最令人快乐的事情。

我从小就想当一名作家，我觉得用作品描绘自己心中的世界是一件很美妙而且很有创造性的事情。很多人说中国现在的图书市场并不是很好，确实是这样，不过也要看你写的是什么类型的作品。如果你只是写诗歌、散文、乡土小说这样的严肃文学，除非你是名家，否则现在确实没什么市场。相反，如果你写的是一些比较有市场的通俗小说或社科类作品，如果写得确实有吸引力，或者作者名气比较大，那收入还是比较可观的。

也就是说，如果想做一名职业作家，想公费出书，不仅要写得好，也要适应市场需求，要懂得图书运作。当然了，写市场书的前提是要保证价值观正确，并且有一定的思想性和艺术性。我们不能做市场的奴隶，不能为了迎合市场，就粗制滥造一些没有营养，甚至是价值导向错误的东西。

　　我写的文章，以童话、科幻为主，同时也写其他体裁的作品，如散文、杂文等。总体来说，大多属于类型小说的范畴，强调的是想象力、情节性、创新性，要对读者有吸引力、有市场需求，不排斥商业性和娱乐性，同时要保证正能量。文学是一种思考人生、感悟人性的精神文化产品，但在现代社会里，兼具娱乐消遣的功能，给创作者带来物质财富，也未尝不可。

　　作家最重要的是有想象力，要善于观察、体验生活。我觉得作家分天赋型和后天型的。天赋型作家在写作方面比较占便宜，灵感充沛、想象丰富，但也有弱点，不如后天型的踏实。如果后天不努力，天赋迟早也会消失。在中文系的学习，可以说就是一种后天的磨炼，可以提升一些修养，把基础打牢，但对我来说更主要的还是多创作以及与出版社打交道。

　　在我看来，写作主要是一种谋生方式。我准备从事这个职业，一是因为兴趣，二是因为它可以给我带来荣誉和稿费，这没有什么好清高的。三百六十行，行行平等。清洁工和作家也只是劳动方式不同，都是社会主义劳动者，人格和地位都是平等的。难道因为我读了点书，会写几个字，我就高人一等？肯定不是！让我去扫大街，我还扫不好呢！清洁工通过体力劳动，为我们创造了一个清洁的公共环境，我利用自己的脑力劳动，写一些通俗易懂的文化作品，满足清洁工的精神需求，这就叫和谐社会。如果你一方面享受着清洁工为你创造的环境，一方面只写一些太过阳春白雪、老百姓看不懂的东西，并且看不起普通大众，这就叫"吃水忘了挖井人"；更有甚者，如果你拿着国家发的工资，尽写一些崇洋媚外、反党反社会的文章，那就叫"端起碗来吃肉，放下筷子骂娘"。

"只有人们的社会实践，才是人们认识外界的真理性的标准。"可现在社会上存在这样一种人，总是显摆自己的一套套理论，好像自己的文学水平就是最牛的，但是翻开其简历，竟然从没写过一部文学作品。这种人只会讲，不会写，时时把自己讲得高高在上，天花乱坠，脱离实际，脱离群众，而且连文化产业的一些基本术语都不懂。例如，将版税理解为作家交的税。我认为，这样的人如果做中文系教授，教不出真正会写作的人才；如果做作协领导，也无法引领中国文学发展。据此我认为，搞文学的人应该多"纸上谈兵"而不是"嘴上谈兵"。

最后说说我的成果吧。我现在是世界华人科幻协会会员、中国未来研究会会员、国文社成员、南边文化专聘作家。我的小说《脑控手机》销售不错，已经加印。我大一上半学期再次修订后的科幻小说《逆反星球》以及"刘海洋梦幻童年"系列童话之《越写越长的铅笔》《海洋馆惊魂》都已经由出版社常规出版。我还主编了两套图书：《我这一生只有你——记录那些人与动物的温情瞬间》和《青少年大百科微阅读系列》。

在文学创作的这条道路上，我首先应该感谢家人、老师、同学和朋友们，你们的肯定是我进行创作的基础；我要感谢小时候看过的动画片、影视剧的作者，以及郑渊洁、滕明英、潘亮、刘慈欣、星新一、杨鹏、金庸等作家，你们的作品让我爱上了想象与写作；我要感谢我的读者和笔友，特别是王金桥、王卓远、顾智文、Ven陈斌、刘恩帅、杨明晓、杨静静、曹伟等，你们的支持让我能坚持在这条路上走下去；我要感谢粘立人、谭旭东、郑军、张智华、王慧勤、姚自豪等老师及《新作文》杂志社、国文社、四川省青少年作家协会、红香阁文学网、90后文学网的编辑老师们，你们的鼓励让我不仅能在这条路上走下去，而且还能走得充满希望；我还要感谢马麟大哥、陈静姐姐、廉宇老师和靖璞老师等，你们的工作让我的梦想最终实现！

总之，选择写作这条道路，符合我的性格和特长，也顺应了国家大力扶植和发展文化产业的潮流。未来的路还很长，今后我会一步一个脚印地走下去，努力创作更多更好的文学作品，为建设全民阅读的书香社会贡献自己的一份力量！

图书在版编目（CIP）数据

我是尖子生 / 黄韦达等著 . — 北京：作家出版社，2015.12
　ISBN 978-7-5063-8612-8

　Ⅰ．①我… Ⅱ．①黄… Ⅲ．①散文集－中国－当代
Ⅳ．①I267

中国版本图书馆 CIP 数据核字（2015）第 310400 号

我是尖子生

作　者：	黄韦达 等
策 划 人：	廉　宇
责任编辑：	张　平
装帧设计：	陈　燕
出版发行：	作家出版社

社　址：北京农展馆南里 10 号　　　　邮　编：100125
电话传真：86-10-65930756（出版发行部）
　　　　　86-10-65004079（总编室）
　　　　　86-10-65015116（邮购部）
E-mail：zuojia@zuojia. net. cn
http：//www. haozuojia. com（作家在线）
印　刷：北京盛兰兄弟印刷装订有限公司
成品尺寸：145×210
字　数：158 千
印　张：9
版　次：2016 年 6 月第 1 版
印　次：2016 年 6 月第 1 次印刷
ISBN 978-7-5063-8612-8
定　价：29.80 元